霹靂と綺羅星

新人弁護士は二度乱される

藤崎 都

JN053513

white heart

講談社X文庫

目次

イラストレーション／睦月ムンク

霹靂《へきれき》と綺羅星《きらぼし》

新人弁護士は二度乱される

1

「ぎこちないな。恋人らしくもっとかき抱くようにできないのか?」

「いきなりそんなこと云《い》われても……!」

雨宮佑《あまみやたすく》は鳴神柾貴《なるかみまさき》の背中に腕を回しながら、厳しいダメ出しに小声で反論した。

(何でこんなことに——)

彼との再会は、まさに青天《せいてん》の霹靂《へきれき》だった。

鳴神は警察官だった三歳上の兄の親友で、佑にとってはもう一人の兄のような存在だ。

警察を辞めて以来、杳《よう》として行方《ゆくえ》が知れなかった彼とは約五年ぶりの再会だが、何故《なぜ》か

いま、佑は車の助手席で彼に押し倒されている。

「そもそも、こんなところで何をしてるんですか! 何年も姿を消してたくせに……」

「張り込みだ」

「張り込みって……あなたもう警察官じゃないでしょう」

「佑だって探偵じゃなくて弁護士だろ?」

「……っ」

駆け出しの弁護士である佑は、引き受けたばかりの依頼のため、〈アフタービジョン〉という自己啓発団体を調べている。話が聞ける関係者がいないかとその本部の周辺を窺《うかが》っていたところ、突然背後から口を塞《ふさ》がれた。

近くに停《と》められていた車に強引に押し込まれ、身の危険を感じて反撃をしようとした瞬間、襲撃者が鳴神だということに気がついたというわけだ。

カーゴパンツに足下はミリタリーブーツという出で立《いでた》ちに、ガテン系のような体格で無精髭《ぶしょうひげ》。無造作に伸びた髪は後ろで括《くく》られ、以前の爽《さわ》やかで端麗な面差しとはだいぶ変わってむさ苦しくなってはいたが、「佑」と呼ぶその声を聞き間違えることはなかった。

懐かしい声に胸が締めつけられ、郷愁や後悔、思慕、怨嗟《えんさ》――矛盾する様々な感情で心の内が荒れ狂った。そして、いまはそれ以上の戸惑いを覚えている。

「詳しい話はあとだ。もっと恋人らしくしないと監視がバレる」

「無茶云わないでください！　監視するなら、もっと地味な車にしたらよかったんじゃないんですか？」

「これしか借りられなかったんだよ。こっちに近づいてきてる。いいから協力しろ」

近づいてきているというのは、〈アフタービジョン〉の関係者だろう。ずっと停まっている車を彼らが怪しんでも不思議はない。

佑たちが乗った車が停まっているのは、〈アフタービジョン〉本部の入り口が五十メートルほど先に見えるコインパーキングだ。

ドラマなどで覆面パトカーに乗って張り込みをしているシーンがよくあるが、現実では見慣れない車が半日も停まっていたら近隣の住人に怪しまれるはずだ。

さっきまでは話を聞かせてもらおうと声をかける機会を見計らっていたのに、身を隠すことになるなんて。

「くそ、仕方ないな」

「んむ⁉」

いきなり唇を塞がれた。正確に云うと、鳴神にキスをされている。

断りもなく口づけられて反射的に突き飛ばそうとしたけれど、両手首をがっちりと摑《つか》まれびくともしなかった。あっさりと抵抗を封じられ、唇を柔らかく食《は》まれる。

「んん、ん――」

(恋人のふりだからって……！)

本当にキスをする必要なんてあるのだろうか。もしそうだとしても、佑に一言断りを入れるのが筋ではないか。文句があれこれと浮かんでくるけれど、口を塞がれているため当人には告げられない。

佑の知る鳴神柾貴は清潔感のある爽やかな好青年で、誠実で実直、頭脳明晰《めいせき》で正義感に溢《あふ》れた完璧《かんぺき》な男だった。少年時代の佑が抱いていた理想の大人像そのものの人物だったはずだが、いま目の前にいるのはただの無神経で身勝手な男だ。

「ン、う」

キスなんて、皮膚が触れ合っているだけのことだ。特別な相手でなければ、殊更《ことさら》意識する必要などない。なのに、異様に恥ずかしいのは何故なのだろう。動揺する理由などないはずだが、鼓動が激しくなってくる。

本来、こんな誰かに目撃されるようなところですることではない。こんなにも落ち着かないのはきっとそのせいだ。

（早くどこかに行ってくれ）

こちらを警戒している〈アフタービジョン〉の関係者が去ってくれれば、キスも終わる。平らにしたシートに押し倒されている状態では、外の状況を確認できない。

「〜〜〜っ」

上手《うま》く息を吸うことができず苦しくなってくる。こういうとき、どうやって息をすればいいのだろう。息苦しさに耐えていたら、ふっと唇が離れていった。

「鼻で息をするんだ」

なるほど鼻呼吸か――そう思った瞬間、再び唇を塞がれた。空気を吸い込むために薄く開いていた隙間《すきま》から、舌先が入り込んでくる。

「……っ」

鳴神の舌は歯列を割り、反射的に逃げを打つ佑の舌を追いかける。ぬるりという感触に、ぞくぞくと背筋がおののく。彼らの目をごまかすためならば唇を合わせているだけで十分なはずなのに、鳴神は口腔《こうこう》に舌を押し込んできた。

「んん、ン、んー……っ」

鳴神の舌はコーヒーの味がする。抗議の表明に拳《こぶし》で鳴神の肩を叩《たた》くけれど、口づけをより深くされた。ここまでしなければ疑われるのだろうか。

キスがこれほどまでに快感を伴うものだとは想像もしていなかった。口の中を舐《な》められるたびに体中が甘く震える。あろうことか、佑の股間《こかん》は反応し始めていた。

（嘘《うそ》だろ）

これはやむを得ない反応だ。そう自分に云い聞かせて意識を逸《そ》らそうとするけれど、どんどん熱くなってくる。手を伸ばし、自分で慰めたくなるのを必死に我慢する。だが、苦しいくらいに張り詰めたそこはいつになく自己主張していた。

「ンぅ、んん！」

搦《から》め捕《と》られた舌をキツく吸い上げられ、びくっと体が跳ねる。そうやって舌を弄《もてあそ》ばれ、下腹部がさらに疼《うず》いてくる。

口の中を掻《か》き回《まわ》される気持ちよさと体の熱い疼きに意識を奪われかけた頃、唇が離れて

いった。

「……はっ……」

舌の上にはまだ感触が残っているし、頭の芯《しん》は痺《しび》れたままだ。体も熱い。佑の想像していたキスは、柔らかく甘いものだった。だが、実際は頭の中を掻き乱されるほど強烈な快感を伴っていた。

「――行ったみたいだな」

鳴神の冷静な呟《つぶや》きに、名残惜《なごりお》しさを感じていた佑ははたと我に返る。張り込みだと気づかれないための演技だったのに、気づけばキスに夢中になっていた。

（名残惜しいなんて、そんなことあるわけが――）

否定したくても、感じてしまったことは紛れもない事実だ。息が切れているのは、上手く息が吸えなかったせいだけではないこともわかっている。

「……ここまでやる必要はなかったですよね？」

複雑な気持ちを全《すべ》て呑《の》み込《こ》み、自分を落ち着かせながら苦情を申し立てる。

「すまん、興に乗った」

「興って……」

鳴神の返事に唖然《あぜん》とした。そんな気まぐれでファーストキスを奪われたのかと思うと、無性に腹が立つ。

彼にとっては大したことはない行為なのだろうが、その感覚の差にもムカつく。

「バレずにすんだだろ？」

「そもそも俺には関係なかったですよね？　むしろ、監視が疎《おろそ》かになったんじゃないんですか」

「大丈夫だ、心配ない。ドラレコも向けてたからな。動画を確認しておくか？」

「だとしても、あんなのふりで十分でしょう！」

悪びれもしない鳴神の様子に、怒りが増幅する。子供のようにただ感情をぶつけるような真似《まね》はすまいと冷静に努めていたけれど、とうとう声を荒らげてしまった。

「臨場感が足りなければ怪しまれるだろ？」

「だからって――」

思わず声を詰まらせた佑に、鳴神ははっとした顔になった。

「……もしかして、初めてだったのか？」

「は、初めてだろうが初めてじゃなかろうが関係ありません！　鳴神さんにとってはどうってことないんでしょうけど、好きでもない相手とキスするのは不誠実じゃないですか」

反射的に早口で捲《まく》し立《た》てる。動揺のあまり、当《あ》て擦《こす》るようなことを云ってしまった。

「悪かった。確かに無神経だった」

「本当ですよ。どうしてくれるんですか」

さっきから体の熱が引いていかない。下腹部に生まれた疼きが消えず、イライラした気持ちが募っていく。

言葉に棘《とげ》が混じっている自覚はあったけれど、気遣う余裕はいまの佑にはなかった。時間さえ経《た》てば体の興奮は収まる。だけど、平然としていられるわけではない。

「なら、俺が楽にしてやろうか」

「え？」

「それ、辛《つら》いんだろ？」

「そう、ですけど……」

衝動がすぐに収まるコツでもあるのだろうか。

「すぐすませてやる」

「何して——ちょ、冗談でしょ⁉」

鳴神が佑のベルトのバックルを緩《ゆる》め、ズボンのホックを外しているときに我に返った。

「目を瞑《つぶ》っていればあっという間だ」

「そういう問題じゃ——やめてください！　放っておけば収まります……！」

ファスナーを下げられ、下着の中に手を突っ込まれそうになり、慌てて鳴神の手を押さえる。

「あんなところをうろついてたってことは、お前も〈アフタービジョン〉のことを調べてたんだろう？　被害者の救出でも頼まれたか？」

「⁉」

やむを得ず探偵めいた行動を取っていた目的を云い当てられ、息を呑む。一瞬気を取られた隙に、下着の中に手を突っ込まれ、兆した自身を握られた。

「ひゃ！」

そんなデリケートな部分を他人に触られたのは初めてで、全身の血液がぶわっと沸騰したみたいに熱くなった。

「時間がかかるだろう。それに俺が気になる」

「そんな勝手な——や、放し……っ」

彼の手をどかそうとするけれど、力の差は圧倒的でびくともしない。

「いや、や、やだ、あ……っ」

拒むこともできないまま、鳴神の指が佑の敏感なそれを優しく扱《しご》き始める。触れられているだけでも恥ずかしくて死にそうなのに、的確に刺激をされて反応しないわけがない。

「もうこんなに濡《ぬ》れてるじゃないか」

「……っ」

体液の滲《にじ》む先端を親指の腹で撫《な》でられる。先走りは感じている証拠だ。ぬるぬるとした感触が恥ずかしくて、泣きたくなった。

「恥ずかしがることじゃない。健康な証拠だ」

「や、ン、んん……！」

感じていることを認めたくなくて頭を振るけれど、だんだんと頭の中がぼうっとしてくる。せめて、みっともない声を出さないように歯を食い縛る。

「声を出したらどうだ。我慢すると苦しいだろう？」

「あっ」

先端の窪《くぼ》みを爪《つめ》の先で抉《えぐ》られ、弾みで変な声が出てしまった。自身を締めつける指が少しずつキツくなってくる。裏側や括《くび》れを強く刺激されるのが堪《たま》らない。

「だめ、あ、いや、あ……！」

「大丈夫だ、よくしてやるから」

「うあっ、あ、や、鳴神、さん……っ」

これ以上の刺激はまずい。鳴神の指の動きが気持ちよくて、快感以外どうでもよくなってきた。喉《のど》から押し出される甘ったるい自分の声も理性を薄れさせていった。

(気持ちいい)

自分以外の手で慰められることが、こんなにも気持ちのいいことだなんて知らなかった。何もかもどうでもよくなって、ただ鳴神の与えてくれる感覚に溺《おぼ》れていく。

甘ったるい声も、まるで自分のものではないみたいに聞こえている。

「いい子だな」

至近距離で囁《ささや》かれ、ぞくぞくと鼓膜が震える。そのとき、鳴神の肌にいくつもの傷跡があることに気がついた。首や顎《あご》、耳たぶにもうっすらと傷が治った白い跡が残っている。

(怪我《けが》の跡……？)

以前はそんな傷跡はなかったはずだ。

唇が触れ合いそうだと思った瞬間、覚悟を決めて目を閉じたけれど、柔らかな感触は額に押し当てられた。

「あん、あっあ、あ、あ――」

巧みに追い立てられ、佑は鳴神の手の中に欲望の証《あかし》を吐き出した。

2

「悪かった。どうしたら機嫌を直してくれるんだ?」

「…………」

下着の中が生温かく濡れていて気持ち悪い。ある程度は拭《ふ》き取《と》ったけれど、痕跡《こんせき》は残っている。何よりも鳴神《なるかみ》の指の感触が、まだ皮膚に生々しい。

デリカシーのない鳴神にも腹が立つが、流されて気持ちよくなってしまった自分が一番憎かった。どうしてあんなことを許してしまったのか。

双眼鏡で建物の入り口を注視する鳴神を、ちらりと横目で窺う。

彼と顔を合わせたのは、約五年ぶりのことだ。以前は知的で涼やかな美男子という風情だった鳴神だが、三十歳になったいま、すっかり男くささが増し、匂《にお》い立つような色気を纏《まと》っていた。

(相変わらずカッコよくて腹が立つな……)

寝起き以外で無精髭を生やしているのを見るのは、これが初めてだ。真《ま》っ直《す》ぐな眼差《まなざ》しはそのままに顔つきは鋭くなり、元々引き締まっていた体軀《たいく》はさらに鍛え上げられていた。

佑《たすく》が鳴神と知り合ったのは、兄・亘《わたる》と彼が警察学校の同期だったからだ。静と動といったタイプのまったく違う二人だったが、何故か意気投合し、無二の親友となったらしい。

佑の両親は事故で亡くなっている。そのため、亘が大学進学を諦《あきら》めて就職し、親代わりとして育ててくれた。

当時の鳴神はよく佑たちの家に遊びに来ては、手料理を振る舞ったり、佑に勉強を教えたりしてくれた。

だが、それも昔のこと。何故なら、佑の兄はもうこの世にはいないからだ。

鳴神のことはできるだけ思い出さないようにしていた。彼との記憶には必ず兄がいる。こうして彼といると、癒《い》えてきた悲しみと寂しさまで蘇《よみがえ》ってきてしまう。

(でもまさか、こんなところで鳴神さんに再会するなんて——)

捨《す》て台詞《ぜりふ》を吐いて車から出ていく気力も湧《わ》かず、こうして不貞腐《ふてくさ》れているというわけだ。いまはまだ口も利きたくないけれど、ここで鳴神と別れたら二度と会えないような気もする。

「どうしたら許してくれる?」

起こってしまったことはもうどうしようもない。だからといって、何事もなかったかのように振る舞うのは難しかった。

「お前だってあのままじゃ落ち着かなかっただろ？　それとも、自分でやったほうがよかったたか？」

「――――」

そんなの無理に決まっている。鳴神の前で自慰などできるわけがないではないか。

（いや、鳴神さんにされるよりはマシだったか……？）

どちらにしろ屈辱的なことに違いはないし、どう後悔しようが時間を巻き戻すことなどできやしない。

「ところで、佑。キスが初めてってことはお前、童貞ってことか？」

「……何が云《い》いたいんですか」

さっきから鳴神を無視していた佑だが、聞き捨てならない問いかけに思わず口を開いてしまった。彼の云うように正真正銘の童貞だが、それが何だというのだ。

「いや、意外だと思っただけだ。見た目は悪くないし、頭もいいし、性格もいいのに」

「持ち上げて機嫌取ってるつもりですか？」

「事実を云ったまでだ。昔から可愛《かわい》かったしな」

「それは子供だったからですよ。いまは普通の男ですからね」

色素の薄い髪に垂れ気味の大きな目。男くささを感じさせない容貌《ようぼう》のためか、男子校時代はマスコット扱いを受けていたこともある。

「何云ってる。ずいぶん美人になってて驚いた」

「び、美人って男相手に云う言葉じゃないでしょう」

「本当にそう思ったんだから仕方ないだろ。まあ、俺の場合欲目もあるか」

「欲目？」

「何でもない、こっちの話だ。お前自身の魅力はともかく、在学中に司法試験に合格しておいてモテないはずはないと思うんだがな」

「好きじゃない人にモテてどうするんですか。そういうことを云うのが無神経だっていうんです」

　司法試験に合格した途端、合コンへの誘いは増えたけれど、佑の堅苦しく面白みのない性格を敬遠してか、つき合いが長続きした女性はいなかった。

　それは同性の友人も同じかもしれない。面白みのないところが面白いと、卒業したいまでもマメに連絡をくれるのは高校の寮で同室だった親友だけだ。

　そう考えると少しもの悲しくなってくるが、忙しさにかまけて自分から連絡を取ろうとしない佑にも大いに否があるのだろう。

「これまで好きな相手もいなかったのか？　それとも、好きな人とは上手《うま》くいかなかっただけか？」

「セクハラで訴えますよ」

そんなプライベートなことを不躾《ぶしつけ》に訊《き》いてくるなんて、セクハラどころの話ではない。ぎろりと睨《にら》みつけると、鳴神は小さく肩を竦《すく》めた。

「それにしても、ずいぶんと他人行儀だな。昔は敬語なんか使わなかっただろう」

「……他人ですから」

「そうだったな」

佑が態度を硬化させてしまうのは、五年経ったいまも過去のできごとを消化しきれていないからだ。何年経とうが、兄の死を受け入れることなどできないのかもしれない。

亘が命を落としたのは、鳴神と共に臨場した事件が原因だ。通報を受けて二人が駆けつけたコンビニでは、女子高生を人質に取った立てこもり事件が発生していた。

強盗目的の犯人の若い男をなだめて諭し、鳴神が取り押さえたところまでは問題がなかったという。想定外だったのは女子高生が犯人の仲間で、強盗の首謀者だったことだ。

彼女は彼氏を助けようと、隠し持っていたナイフを構えて鳴神に向かっていき、それに気づいた亘が鳴神を庇《かば》って刃《やいば》を受けたのだ。

刺された場所がよくなかったことと、渋滞で救急車の到着が遅れたことが災いした。病院に担ぎ込まれたときにはすでに手遅れで、佑が駆けつけても、もう二度と目を覚ますことはなかった。

彼と最後に顔を合わせたのは、兄の葬儀のときだ。

——亘を守れなくてすまなかった。

そう云って深々と頭を下げた鳴神に、佑は当たり散らし、泣きわめいた。

——どうして兄ちゃんを助けてくれなかったんだよ！

鳴神は云い訳もせず、その場に立ち尽くしていたことを覚えている。

彼が油断をしなければ、救急車の通る道が混《こ》んでいなければ、せめて兄の最期《さいご》に間に合っていれば。そんな〝もしも〟が頭にこびりついて離れなかった。

あれが八つ当たりだったことを、いまは自覚している。だが、最愛の兄を失った悲しみのやり場は他になかったのだ。

——二度とお前の顔なんて見たくない！

そう叫び、葬儀場から鳴神を追い出した。謝らなければと後悔していたけれど、彼はそれきり佑の前には現れなかった。

「そもそも、あなたはこれまでどこに？」

「……ちょっと海外にな」

鳴神は逡巡《しゅんじゅん》したあと、そう告げた。

「ワーキングホリデーってわけでもないでしょう。あなたがそんなに傷を負うなんて、どれだけ危ない橋を渡ってきたんですか？」

さっき気づいた傷跡を指摘すると、鳴神は気まずげな顔になった。

よく目を凝らさなければわからないが、首や頬《ほお》にいくつも傷跡が残っている。ただの自分探しをしていたとは到底思えない。

鳴神は武道家一家に生まれ、幼少期より合気道、空手、柔道、剣道と一通り嗜《たしな》んでいるらしい。その昔、佑に護身術を教えてくれたのも彼だ。

高校で始めたライフル射撃に才能を発揮し、警察官時代、オリンピックの候補選手にもなったくらいの腕前だ。結局、見世物は性に合わないと辞退したけれど、SATに所属してもおかしくない実力の持ち主だったと聞いている。

「別に危険な地域にいたわけじゃない。訓練が荒っぽかっただけだ」

「訓練って――」

「いわゆる外人部隊ってやつだ。隊員は乱暴なやつばかりだったからな」

鳴神の身体能力なら期待以上の働きをしただろう。だが、想像もしていなかった生き方に、佑はショックを受けた。

「心配ない、とっくに除隊した。俺には団体行動は向いてないと気づいたからな」

「どうしてそんな危ないことを……」

「別に深い理由はない。自分を試してみたかっただけだ」

「…………」

殊更《ことさら》軽い口調が引っかかる。これ以上追及してはいけないような気がして、佑は口を噤《つぐ》んだ。しばしの沈黙のあと、質問を変える。

「で、いまは何をしてるんですか？　こんなところで張り込みなんて、探偵か何かですか？」

「そんな大層なものじゃない。ただの〝便利屋〟だ」

「〈アフタービジョン〉を見張ってるのは、その仕事の一環ですか？」

「そうだ。本当はまだ日本に戻るつもりはなかったんだが、借りのある人間から頼み込まれて仕方なくな。その人の知人の家族が〈アフタービジョン〉に入れ込んで、家出したきり行方が知れないらしい」

「……ん？」

「警察に被害届を出しても梨《なし》の礫《つぶて》、あらゆる伝手《つて》を使ったが一向に動きがないらしく、俺が呼び出されたってわけだ。〈アフタービジョン〉から家族を取り戻して欲しいって」

どこかで聞いたことのある話だ。

――私たちの息子を取り戻してください。

一月ほど前、佑はある夫婦から〈アフタービジョン〉という自己啓発グループに取り込まれた息子を取り返して欲しいと頼まれた。

それ以来、彼らの代理人として、本部であるあの建物を何度も訪ねている。しかし、毎回門前払いで、話し合いどころか青年の居場所を摑むことさえ難儀していた。

正攻法では埒《らち》が明かないと判断し、正体を隠して聞き込みをすることにした。だが、時間になれば帰宅する者もいるだろうという考えは甘かったようで、夜八時を過ぎた頃からぱったりと人の出入りがなくなった。

そんなこんなで、結局のところ一人からも話を聞くことができないまま、鳴神に捕獲されたというわけだ。

「きっかけは友人に誘われた映画同好会だったらしい。あとはお約束どおりだ。金遣いが荒くなって家族と揉《も》め、やがて帰ってこなくなった」

「映画同好会……」

さらなる符合に確信を深める。佑の依頼人からも、似た話を聞かされていたからだ。

「まさかとは思いますが、その依頼人は高尾《たかお》という名前じゃ……」

「そのとおりだが――もしかして、お前も佳希《よしき》を連れ戻すよう云われてるのか？」

「そうです。でも、どうして……」

高尾夫妻は佑一人に任せるのは心許《こころもと》ないと思ったのだろうか。家族のもどかしい気持ちは理解できるが、信頼に足らなかったのかと肩を落とす。

「なるほどな。助け出す対象は同じでも、恐らく依頼人が違うんだ」

「どういうことですか？」

「俺の依頼人は高尾幸造《こうぞう》、佳希の祖父だ」

「お祖父《じい》さんが？」

「お前は佳希の両親から依頼を受けたんだろう？」

「そうです」

「幸造は少々短気な人らしい。仲介者からは、多少強引な手段を取ってもいいと云われている」

　高尾幸造は、一代で貿易会社を大きくした豪腕だという話は、経済界に疎い佑でも耳にしたことがある。正面からではなく、実力行使で連れ戻そうと考えたのかもしれない。

「お前も〈アフタービジョン〉のことをそれなりに調べてるんだろう？」

「まあ、ある程度は――」

〈アフタービジョン〉は表向きは自己啓発を餌《えさ》にした、いわゆるカルト団体のようだ。叱《しっ》咤《た》激励をし、自分を高めるためと称して会員から金や労働力を搾取している。

　主宰は、速水斗眞《はやみとうま》という名の男だ。プロフィールには華々しい経歴が連なっているが、どれもこれも胡散臭《うさんくさ》く、真実が書かれているとは思えなかった。

　写真を見る限り、二十代半ばから後半くらいの若さだ。目を引くのは彼の美貌《びぼう》だ。少女漫画の登場人物のような甘い顔立ちに優しげな笑み。

　それらに加え、耳に心地のいいバリトンボイスが魅力なのだそうだ。話術も巧みで、ほとんどの人間が初対面で虜《とりこ》になってしまうらしい。

自己啓発セミナーや自分磨きのためのオンラインサロンなどを入り口に、会員を増やしているとのことだ。

「へえ、よく調べてるな」

「……それなりに伝手はありますから」

そう見栄《みえ》を張ったが、情報源のほとんどはインターネットだ。カルトやマルチ商法の研究をしているブロガーが、個人的に集めた情報を総括したにすぎない。

「速水は元ホストなんだってな。話術が巧みでかなりの売れっ子だったようだが、ある日姿を消したと思ったら自己啓発グループの代表の座に収まっていたってわけだ」

「それが〈アフタービジョン〉の前身ですね。彼の身に何があったんでしょうか」

ホスト時代も成功していたなら、何がきっかけでカルト集団の代表になったのだろう。

「引き抜かれたんじゃないか？　顔もだいぶ変わってたようだし、上手く広告塔に仕立て上げられたんだろう」

「ただの看板だってことですか？」

「人を手玉に取る才能はあっても、組織をまとめ上げられるタイプには見えない。それに短期間で作り上げられる規模じゃなさそうだからな」

〈アフタービジョン〉の全容は把握できていないが、想像以上に大きな組織のようだ。表に出てこない強力な後ろ盾があってもおかしくはない。

「だが、佳希はここにはいないみたいだな」

「本当ですか？　だったら、どうしてここに？」

「他の拠点を見つけたいんだよ。ここは表向きの本部のようだからな。幹部の誰かが出入りすれば、案内してもらえるだろう？」

「なるほど――」

鳴神の言葉に得心する。何度も訪ねてきても話ができる人間がいなかったのは、そもそも存在していなかったせいかもしれない。

「おい、誰かきたぞ」

「え？」

「見てみろ」

手渡された双眼鏡を緊張しながら覗《のぞ》き込《こ》む。

「！」

建物から出てきて白のドイツ車に乗り込んだ人物は、間違いなく速水斗眞その人だった。

「このまま別の拠点まで案内してもらおう」

速水の乗った車のあとを追い、佑たちは彼の入っていった建物を特定した。都心の一等地に建つ高層マンションだった。

「パレスタワー六本木……すごいマンションですね」

スマホを使いマンション名で検索をすると、地上三十五階、地下二階の分譲だということがわかった。

フロントサービスだけでなく、スカイビューラウンジ、パーティルーム、ライブラリー、フィットネスジムや温水プールなど充実した共用施設が揃《そろ》っているらしい。

「ここに佳希くんがいるんでしょうか」

「その可能性は高いが、確証はないな」

「少なくとも〈アフタービジョン〉の物件があるということですよね。どうにかして中を探れるといいんですけど……」

「こういう高級マンションはコンシェルジュがいるからな。オートロックが開いたタイミングで住人のふりをして入るのは無理だろうな」

きっと防犯カメラも隅々に設置されているだろう。無闇《むやみ》に入り込んで、通報されたらこちらが不利だ。

「だったら、しばらく張り込むしかないですね。佳希くんが出てくるかもしれないですし」

「お前にそんな暇どこにある」

「……どうにかやりくりすれば時間は作れます」

明日も明後日《あさって》も日中に予定は入っているけれど、夜は空いている。講演会などで忙しくしている速水が帰宅するのは夜半のはずだ。

「寝る間がなくなるだろ。本業に支障をきたしてどうする。ここは俺に任せておけ」

「……いいんですか？」

鳴神の申し出に目を瞠《みは》る。

「利用できるものは利用しろ。同じ目的なら、協力したほうが早い。蛇《じゃ》の道は蛇《へび》っていうしな。何かわかったら連絡してやる」

「……よろしくお願いします」

自分は一人で十分やっていけるようになったと思っていた。だけど、こうして鳴神がいると、その頼もしさに安堵《あんど》してしまう。

（大人になるって難しいな……）

十代の頃は二十代がもの凄《すご》く大人に思えた。だけど、いざその年齢になってみて、当時と何も変わっていない自分がいる。

歳《とし》の差は一生埋められない。だが、それ以上に鳴神の知識や経験に、一生敵《かな》うことはなさそうだ。

落ち込むよりも、鳴神の云うように利用できるものは利用したほうがいい。彼の知識の一片だけでも、自分のものにできるよう努めるべきだ。

佑は気を取り直し、顔を上げて前を向いた。

3

今日のところは一旦《いったん》引き下がることになった。

張り込みをするにも、準備と下調べが必要だ。焦る気持ちを抑え、鳴神《なるかみ》の指示に従うことにした。作戦を練り、後日出直す予定だ。

張り込みは彼一人ですると云っているけれど、丸投げするつもりはない。これは佑《たすく》が引き受けた案件でもあるのだから。

それにしても、成り行きとは云え、鳴神と行動を共にすることになるなんて。

「……この車、どこで調達したんですか？」

訪れた沈黙が気まずく、結局佑のほうからどうでもいい質問を投げかけてしまう。

彼の運転する車は、佑の自宅の方角へと走っていた。きっと家まで送ってくれるつもりなのだろう。

赤いスポーツカーはどう考えても、張り込みをするには不適切だ。こんな目立つ車がずっと停まっていたら、誰だって気になるだろう。

なってる」

「前に脱輪して困ってたところを助けたんだ。それから日本に帰ってきたときは世話に

「友達？」

「友達に借りた」

「どうせ女の人でしょう」

当て擦るような物云いをしてしまうのは、羨望《せんぼう》の気持ちがあるからだろうか。鳴神は昔から異様にモテるのだ。

兄と共に三人で祭りに出かけたことがあるのだが、三メートルおきくらいに女性から声をかけられていた。学生時代は彼女が途切れたことがなかったとも云っていた。

「七十過ぎの爺《じい》さんだ。人使いは荒いが、こっちに部屋はないから助かってる」

「実家があるじゃないですか」

「好き勝手にふらふらしてる息子が、姉夫婦の同居する家に顔を出せるはずがないだろ」

鳴神の家は武道家一家だ。曾祖父《そうそふ》の代から合気道の道場をやっていて、彼自身も幼い頃から様々な武道を習っていたようだ。

いまは父親が跡を継ぎ、次の代は姉が担うことが決まっていると聞いたことがある。

「ホテルは？」

「このなりで行けると思うか？」

「……無理ですね」

過去の爽やかさが嘘のように、いまはむさ苦しいとしか云いようのない姿だ。

悪臭こそ放ってはいないが、一括りにされた無造作に伸びた髪は傷み、無精髭も胡散臭さを強調している。鍛え上げられた体軀も、余計に警戒心を煽《あお》るのだろう。

我ながら、この風体でよく鳴神だと気づいたものだ。十代の頃は鳴神のような大人になるのが夢だった。だが、いまとなっては夢で終わってよかったと思う。

「お前は〈アフタービジョン〉の裏にどんな団体がついてるか知ってるか？」

「裏？」

「まさか、ただの詐欺グループだと思ってるわけじゃないよな」

「何かあるとは思ってますが、全容が知れないので……」

「大本《おおもと》にあるのは反社会勢力だ。しばらく前に『半グレ』なんて呼ばれていたグループがあっただろう。あの手の組織が始めた『商売』が〈アフタービジョン〉だ」

鳴神の説明に背筋がぞくりとする。どちらかといえばカルト寄りだろうと考えていたけれど、それすら隠《かく》れ蓑《みの》だったということか。

「あの、商売ってどういうことですか？」

集金目的があることは間違いないだろう。よくあるネズミ講やマルチ商法のようなシステムになっているのだろうか。

「端的に云えば売春斡旋《あっせん》だ。自己啓発を隠れ蓑にして若い男女を洗脳し、商品として提供している。金銭での取引がメインだろうが、権力者へ提供することによって摘発を逃れてる面もあるようだな」

「売春斡旋……」

「佳希《よしき》みたいな見目のいい箱入りの世間知らずってタイプは狙《ねら》われやすい」

「狙われ……ってどういうことですか?」

鳴神の言葉に首を傾《かし》げる。佳希が〈アフタービジョン〉の活動にのめりこむようになったきっかけは、映画同好会のはずだ。

「偶然引っかかったやつを取り込んでるとでも思ったか？　あいつらはターゲットを決めて、役割分担をして近づいてるんだ。同じ年頃の会員を使って友人関係を作り、興味のありそうな講座に連れ込んでマインドコントロールする。昔からよくあるカルトの手口だよ」

「お祖父《じい》さんやお父さんはそれなりの地位にいますが、彼自身はただの大学生ですよ?」

きっとそれなりの資産もあるだろうが、佳希から金銭を吸い上げることは期待できそうにない。

「だから、『商品』として目をつけられたんだろうと云ってるんだ」

「あ——」

彼が男だからといって、そういう被害に遭わないとは限らない。被害者は女の子ばかりだろうという先入観があった自分を恥じる。

想像以上に悪質な内状に、怒りで血液が沸騰した。

「どうしてそれを警察に通報しないんですか！」

「確固たる証拠はないし、警察が信用ならないからだ」

想定外の返答に絶句する。

「あなただって、昔は警官だったでしょう。知り合いに相談できないんですか？」

「個人としては善良で真面目《まじめ》なやつが多いが、組織の一員になればそれぞれの正義感なんて役に立たない。この件が握《にぎ》り潰《つぶ》されてるのは、恐らくあそこの顧客に警察の上層部の誰かがいるからだろう」

鳴神の推察に血の気が引く。そんな非人道的な団体の肩を持つ人間が警察の、しかも上層部にいるとしたら。

「……それは事実なんですか？」

「この情報の大本は、佳希の祖父さんが集めたものだ。俺も裏は取ったがな。彼らは被害届を出してるから、そのときに情報は提供してるだろ。それなのにろくな捜査がされてないのは、何かしらの意思が働いてるってことだ」

確かにそんな状況で元警察官が通報したところで、簡単に事態が引っくり返ることはないだろう。状況はわかったが、釈然としない。

「でも、警察内部にだっておかしいと思う人もいるかもしれないじゃないですか」

「いたとしても、上からのお達しに逆らえば閑職行きだ。確固たる証拠があれば別だが、オフレコの証言しかない。いまのところは手の打ちようがないってわけだ」

「そんな――」

鳴神の情報が正しければ、佳希もやがては『商品』にされる日が来るかもしれない。もしかしたらすでに被害に遭っているかもしれない。

（……ショックを受けてる場合じゃない）

知りたくもなかったような情報もあったけれど、お陰で〈アフタービジョン〉の実態を知ることができた。それだけの悪事を働いているなら、被害者はもっとたくさんいるだろう。そういった人たちを探して声をかけ、集団で世間に訴えればもしかして――。

（だけど、俺だけの力じゃ無理だ）

悔しいけれど、個人事務所を細々とやっている一介の弁護士だ。法は武器になっても、圧倒的に味方が足りない。

これまで何の糸口もなかったが、鳴神に協力してもらえれば依頼人以外の被害者も助け出せるかもしれない。少なくとも、佳希に話が聞ければかなり進展するはずだ。

鳴神とはこれ以上関《かか》わり合いになりたくはない。だが、いま佑が助けを求められるのは彼しかいなかった。

「被害者全員を救いたいとでも思ってるんじゃないだろうな?」

「!」

鳴神に図星を指されて息を呑む。

「個人でどうこうできる相手じゃないし、正面から訴えたところでびくともしない。お前の気持ちはわかるが、いまは佳希一人を助け出すことだけを考えろ」

「……はい」

鳴神の云うとおりだ。歯痒《はがゆ》さはあるけれど、できることには限度がある。何よりも大事なのは助けを求めてやってきた依頼人の憂いを解消することだ。

本音を云えば、一人の被害者も出ないよう組織の解体まで追い詰めたい。だが、個人で手に負えるものではないだろう。

「他に気になることはあるか?」

「――あの、変なことを訊いてもいいですか?」

「何だ」

「今回の件とは直接関係あるわけじゃないんですけど……」

思わず切り出してしまったが、かねてからの疑問を口にしていいものか、いまさらながら躊躇《ためら》ってしまう。

「聞くは一時《いっとき》の恥、聞かぬは末代の恥っていうだろ。いいから、さっさと訊け」

鳴神の言葉に意を決する。確かにこのタイミング以外で、疑問を解消する機会はないだろう。知らないままでも問題のない知識だが、もやもやとしたままよりずっといい。

「……男性同士の場合、セックスってどうやってするんですか？」

「――っ」

鳴神のハンドル捌《さば》きが一瞬怪しくなり、車体が不安定に揺れた。

「危ないじゃないですか！」

「それは俺の台詞《せりふ》だ。運転中に妙なことを訊くな」

「何でも教えるって云ったじゃないですか」

気まずげな顔の鳴神を追及する。恥をかき捨てて訊いたのだから、はぐらかされたくはない。

「まあ、そうだが……。そもそも、男子校出身のくせにその手の知識がないのか？　お前だってよく変質者に狙われてただろう。だから俺が護身術を教えてやったんじゃないか」

確かに幼い頃から佑は変質者につけ狙われることが多かった。小柄で華奢《きゃしゃ》で大人しかったため、ターゲットにするにはちょうどよかったのだろう。

「そうなんですけど、詳しいことはみんな教えてくれなかったんです」

「なるほど、みんな後ろめたかったのかもな」

「どういう意味ですか？」

「わからないなら、わからないままでいい」

「鳴神さんまで、みんなと同じようなことを云うんですね」

佑は鳴神の答えに不満を覚え、拗《す》ねた子供のように唇を尖《とが》らせる。

「ほとんど男女のセックスと変わらない。触れ合って、体温を感じ合う」

「そのくらいは俺だってわかります。触るだけでおしまいなんですか？」

お互いのものに触れて抜き合うくらいまでは、佑にも想像がつく。

「──尻《しり》の穴に入れるんだよ」

しばらく黙っていた鳴神だったが、投げやりな様子で答えを口にした。

「……え？」

「男の体は女性のものとは違うからな。挿入するところがないだろう？　だから、違う場所を代用するんだ」

何をそんなところに入れるのかと訊こうとして、はたとその答えに思い至る。あんなものが本当に入るのだろうか。想像してしまい、思わずあらぬところに力が入る。

「そんなの無理じゃないですか？　いや、でも、サイズによるか……」

控えめなものならどうにかなるかもしれないけれど、少なくとも鳴神のものは不可能としか思えない。

（……って、何考えてるんだ！）

昔は一緒に銭湯にも行く仲だったから、どんなものかは知っている。だからこそ、やけに生々しく感じてしまった。

「やる前に準備するんだ。基本的に受け入れるほうは洗浄、入れるほうはゴムを使うのがマナーだな。体の機能として濡れることはないから潤滑剤を使う」

「準備――」

そこまでして無理にするようなことなのだろうか。好きな相手に触れられるだけで十分幸せなことに思えるのだが。

「赤くなってるぞ。自分で想像したんだろう」

「してません！」

間髪入れずに否定したけれど、鳴神は信じていない気がする。その証拠に、佑を揶揄《からか》うようなことを云ってきた。

「実地で教えてやろうか？」

「け、けっこうです！」

ところで、どうして鳴神はそこまで詳しいのだろうか。自分たちの家に遊びに来るようになる前は、途切れずに彼女がいたという話も聞いているから、基本的にはヘテロセクシャルのはずだ。

「つかぬことを伺いますが、鳴神さんはその……男性と、したことあるんですか？」

「まあ、何度かな」

「何度も⁉」

　思わず大声を出してしまった。鳴神のことだから、女性経験は豊富だろうと思っていたが、男性経験まであるとは。

「……生娘《きむすめ》のような反応をするな」

「つまり、彼氏がいたってことですか？」

　鳴神の顔には、云わなければよかったとでかでかと書いてある。しかし、聞いてしまった以上、それが気になってしまうのは自明の理だ。

（鳴神さんはゲイだったのか……。でも、女性ともつき合ってたってことはバイセクシャルなのか？）

　性志向に偏見を持っているつもりはなかったが、こうして驚いてしまうということは自分の中にも偏った先入観があったのかもしれない。

「そんな相手じゃない。ほとんど一晩だけの関係だ」

「一晩だけ⁉」

　セックスどころかキス一つしたことのない佑にとって、鳴神の発言は衝撃的だった。

「いちいち大きな声を出すな」

「外国にいたときですか？　それとも、日本で――まさか」

ダメだと思いつつも、よくない想像をしてしまう。兄、亘《わたる》と鳴神は仲間内でよく、まるで夫婦のようだと云われていた。野球のバッテリーをそう譬《たと》えることがあるから深く考えたことはなかったけれど、二人は佑が考えていた以上に深い仲だったのだろうか。

大人同士の関係をとやかく云うつもりはないが、家族のことととなるとフラットに受け止めるのは難しい。

「おい、いま気持ち悪い想像をしてるだろ」

「え？　いや、そんなことは……」

図星を指され、目を泳がせる。

「亘とは断じてそういう関係じゃなかったからな。俺たちはただの相棒だ」

吐き捨てるような物云いに、それが真実だとわかる。佑は自分の想像が思い過ごしだとわかり、ほっと胸を撫《な》で下ろした。

（ん？　何でいまほっとしたんだ？）

大好きな兄と尊敬していた鳴神がつき合っていたとしても、祝福する以外の選択肢があるわけがない。

「お前のその妄想を亘が聞いたら、ショックを受けるぞ。まあ、よくそういう疑いをかけられてたのは確かだが」

「え、本当に？」

「合コンは端《はな》から断ってたし、暇さえあれば亘の家に入り浸ってたからな。女と過ごすより、お前とキャッチボールをして遊んでるほうがよっぽど楽しかったんだよ」

「……っ、な、鳴神さんの精神年齢が低かったんじゃないですか？」

突然引き合いに出されてドギマギし、照れ隠しに憎まれ口が口を突いて出る。あの頃は確かに楽しかったけれど、鳴神も同じように感じていたとは思っていなかった。

「そうかもしれないな」

鳴神は懐かしそうに目を細め、口元を和らげる。その横顔に、佑の心臓は不可解に高鳴り始めた。

（どうしてドキドキしてるんだ）

郷愁を感じるのはわかるが、鼓動が速まる意味がわからない。

「亘もお前が寮から帰ってくる日を楽しみにしてたよ。一月以上前からな」

「知ってますよ。毎日メールが来てましたから」

「あいつのブラコンは筋金入りだったからな」

「本人にそのつもりはなかったですけどね」

優しくて頑固で過保護で、佑にとって一番大事な人だった。

佑はふと気づく。さっきから、鳴神と普通に兄の話をしている。こんなふうに穏やかに、鳴神と兄の思い出を語れるようになるなんて考えたこともなかった。

そうこうしているうちに自宅兼事務所に到着した。

元々、弁護士だった母親が切り盛りしていた弁護士事務所で、長いこと休業していたけれど、司法試験に合格した佑が跡を継いだのだ。

鳴神はシャッターの下りた一階ガレージの前に停車させる。色々と思うところはあるけれど、送ってくれたことには感謝しておくべきだろう。

「わざわざありがとうご——あの、どこ行くんですか？」

鳴神はデイパックを手に車を降りると、佑の自宅の階段を上っていく。狭小地に建てられた三階建ての自宅の一階は物置になっているガレージ、外階段を上った先の二階には二つの玄関がある。右側は事務所、左側は自宅だ。

「ちょ、鳴神さん⁉」

「合い鍵《かぎ》、まだここに隠してるのか。不用心だからやめろと云っただろ」

「何勝手なことしてるんですか！」

鳴神は二つのドアの中央に置かれたタヌキの置物をずらし、隠していた合い鍵を取り上げる。このタヌキは家族旅行で行った先で、小学生だった佑が絵付けをしたものだ。

「帰ってください！」

当たり前のように鍵を開けて上がり込む鳴神を追いかけたけれど、リビングに入り込まれるのを阻止できなかった。

「……相変わらず整理整頓《せいとん》が苦手なのか」

「よ、余計なお世話です。人が来るときはもっと綺麗《きれい》ですから」

といっても、自宅のほうへの来客などめったにない。ソファには洗濯乾燥機から出した衣類の山があり、ローテーブルには雑誌や仕事の資料が積み上がっている。

「まさか、事務所のほうもこんなじゃないよな？」

「事務所はちゃんと片づけてます！」

正確には、週に三回来ている事務員の青木《あおき》が整理整頓をしてくれている。

鳴神は資料を一纏《ひとまと》めにし、足下に溜まった古新聞を片づけ始めた。

「ていうか、何してるんですか？」

「寝場所を確保してる」

詰問すると鳴神はしれっと返してきた。

「はあ⁉　ウチに泊まるつもりですか⁉」

「一晩くらいいいだろう。さすがにこんな時間に車を返しには行けないしな」

「〜〜〜っ」

こんなに身勝手な男だっただろうか。海外を放浪しているうちに慎みや配慮という感覚を落としてきたのかもしれない。それとも元々の性根が露《あら》わになっただけなのか。

寝場所を確保した鳴神は、クッションを枕《まくら》にソファに横たわった。長い足が相当はみ出しているのが腹立たしい。

「佑が元気そうでよかったよ」

「……！」

独り言のような呟きのあと、すぐに寝息を立て始めてしまった。もしかしたら、鳴神は保護者気分が蘇り、佑の生活ぶりを確認しに来たのかもしれない。

「……兄貴の代わりのつもりかよ」

規則正しい寝息を立てる鳴神を見下ろしながら、佑は泣きたい気持ちで呟いた。

4

「いらっしゃい、鳴神《なるかみ》さん！」

兄、亘《わたる》と共に家にやってきた鳴神を、佑《たすく》は喜び勇んで出迎えた。寮暮らしの佑の帰省と二人揃っての休みが重なることはそう多くはない。

「佑、また大きくなったんじゃないか？」

「親戚《しんせき》のおじさんみたいなこと云って。この間会ったときからほとんど伸びてないよ」

このところ、佑の身長は伸び悩んでいる。兄は大学に入ってからも成長するから大丈夫だと慰めてくれるけれど、内心焦りは感じていた。

「今日は何作ってくれるの？」

鳴神の手に提げられたビニール袋に視線が留まる。今日はやけに大荷物だ。

「ローストビーフだ」

「ほんとに!?　家で作れるの!?」

「いい肉さえ手に入れば別に難しくはない。その代わり、佑も手伝えよ」

「もちろん手伝う！」

小躍りしそうな勢いで喜んでいると、隣にいた亘が拗《す》ねた様子で口を挟んできた。

「そんなにこいつの飯に喜ぶと、普段俺がまともなもの食わせてないみたいじゃないか」

「だって、兄ちゃんのご飯も美味《うま》いけど、カレーばっかりじゃん」

「昨日はハヤシライスだっただろ」

「ルーが違うだけだろ」

普段、寮暮らしの佑にとって兄の作る食事はどんなメニューだろうがご馳走《ちそう》だった。こうやって憎まれ口を叩いてしまうのは、素直に感謝を口にするのが恥ずかしいからだ。

「文句を云うやつには、休暇中毎日セロリのサラダを出してやるからな」

「あっ、ごめんなさい！　カレーもハヤシライスも大好きです！」

セロリ嫌いの佑が慌てて謝ると、二人は声を立てて笑った。


ぱちりと定時に目を覚ました途端、線香の匂いが鼻腔《びこう》を擽《くすぐ》り、佑を包んでいた幸福感は霧散した。天井を見つめながら、言葉にならない苦さを噛《か》み締《し》める。

（……昔の夢を見るなんて）

あれは過去の亡霊だ。夢に出てきた人たちはもういない。兄も、あの頃の鳴神も。兄の葬儀のあとしばらくして、引き留める周囲の言葉も聞かず鳴神は警察を辞めたらしい。そして、そのまま姿を消し、音信不通となったのだ。

（……あの人と会うことなんてもうないと思ってたのに）

悪いのは、兄を刺した犯人だとわかっている。だが、鳴神が油断をしなければあんなことにならなかったのも事実だ。

どうしようもなかったことに対して、理不尽な恨みを抱いてしまう自分が嫌になる。だからこそ、鳴神とは会いたくなかったのだ。

三階の寝室から二階へ下りていくと、白檀《びゃくだん》の匂いは強くなった。先に起きた鳴神が仏壇に線香を上げたのだろう。

バスルームからシャワーの音が聞こえてくる。兄が生きていた頃は当たり前のように泊まっていたため、勝手知ったる他人の家なのだろう。

キッチンを覗《のぞ》くと隙間なく詰め込まれていた食洗機は空になり、シンクは磨き上げられて見違えるように綺麗になっていた。

乱雑に積み上がったままだった衣類もきっちりと畳まれており、テレビや戸棚にうっすら積もっていた埃《ほこり》もいまは見当たらない。直接指摘されたわけではないけれど、いい加減な生活ぶりをあげつらわれたようで恥ずかしかった。

（……やっぱり保護者のつもりなんだな）

佑が天涯孤独になったことに、責任を感じているのだろう。鳴神の面倒見のよさは美点だ。だが、佑は苛立《いらだ》ちを感じてしまう。この五年、自分は一人で生きてきた。

もちろん、仕事ではたくさんの人に助けてもらったけれど、日々の暮らしは何でも自分でやってきた。

苦手な掃除や洗濯も、試行錯誤しながらそれなりにできるようになった。ふらりと姿を消し何の音沙汰《おとさた》もなかった人間に、ずかずかと日常に入り込まれたくはない。

「起きたか」

「髪乾かしたら、さっさと出ていってください。協力はしますけど、ウチに滞在していいとは云ってません」

「そうだ、シャンプーほとんど残ってなかったぞ」

「今日詰め替えようと思ってたんです。って、人の話聞いてま――」

苛立ちながら振り返った佑は、昨夜とは別人のようになった鳴神の姿に息を呑む。不意に胸を締めつけられるような懐かしさに襲われた。

無精髭は綺麗に剃《そ》られ、伸びた髪が後ろに撫でつけられている姿は、佑をあの頃にタイムスリップしたかのような気持ちにさせた。

「俺の顔に何かついてるか？」

「べ、別に……。ずいぶん傷跡があるなと思っただけです」

さらに鍛え上げられた肉体が男ぶりを上げ、抗《あらが》いがたいフェロモンが垂れ流しになっている。一瞬だけでも、目を奪われてしまった自分が悔しくて堪《たま》らなかった。

「まあな。最初のうちは実戦訓練に慣れなくて、無駄に攻撃を食らったからな。不名誉の負傷だ」

警官時代、同世代では負けなしだと聞いていた。そんな鳴神がこれだけ傷を負うということは、相当に過酷な訓練だったのだろう。

「その大きな切り傷は？」

ふと、脇腹《わきばら》を横切るような長い傷跡が気になった。肉が抉《えぐ》れたあとのように見えるが、どうやったらそんなふうな傷になるのだろう。

「これは銃創だ。掠《かす》り傷《きず》だから大したことはなかったがな」

「銃創って――十分大したことじゃないですか！」

さらりと告げられた事実に青くなる。弾が掠っただけでも大事《おおごと》だ。数センチずれていたら、命だって危うかっただろう。

「心配してくれるのか？」

鳴神はデイパックの中からTシャツを引っ張り出し、身につける。

「あ、あなたがどこで野垂れ死のうと、俺の知ったことじゃありません」

反射的に口にしてしまった言葉をすぐに後悔する。憎まれ口だとしても、云っていい言葉ではなかった。佑の反省をよそに、鳴神は軽く笑い飛ばす。

「残念だろうが、俺はお前より長生きすると決めてるんだ」

「年上のくせに何云ってるんですか。順当に行けばあなたが先でしょう」

「鍛え方が違うからな。お前も長生きしたかったらもっと飯を食って運動しろ。何だその棒っきれみたいな手脚は。学生の頃のほうがまともな体格をしてただろ」

「説教するつもりなら、とっとと帰ってください」

食事が疎《おろそ》かになっている自覚はある。平日の朝食は近所にある昔《むかし》馴染《なじ》みの喫茶店で摂《と》るようにしているけれど、昼と夜はタイミング次第だ。

できるだけ自炊をしようとは思っているけれど、はっきり云って自分の作る食事は美味《おい》しくない。食べられなくはないけれど、カロリーと栄養を摂る必要がなければ敢《あ》えて口にはしたくないと思うくらいの代物だ。

「説教に感じるなら、自分でも気にしてるってことだろ」

「余計なお世話っていうんですよ、そういうの。大体、ウチにいつまでいるつもりなんですか」

「長居するつもりはない。朝飯くらい食わせろ。昨日からまともに食えてないんだよ」

鳴神はキッチンに行き、勝手に冷蔵庫を開ける。ろくなもんがないな、という呟きに腹が立ったけれど、事実である以上反論はできなかった。

いま冷蔵庫の中にあるのは卵と冷凍したご飯くらいだ。今日は喫茶店も定休日だし、コンビニエンスストアやスーパーマーケットもやや離れたところにある。

「外に食べに行ったほうが早いと思いますけど」

徒歩十五分ほどかかるが、駅まで行けばチェーン店のカフェが開いているはずだ。車もあるのだから、帰る途中でどこかに寄ればいい。

「二人ぶんくらい何とかなる」

鳴神は迷うことなく鍋《なべ》や器を取り出し、調理にかかる。昔もこうやって食事を作ってくれたことを思い出す。指示を受けながらの手伝いは楽しかったし、あのときの経験があるから最低限の自炊ができるようになったのだ。

「茶碗《ちゃわん》を出してくれ」

食器棚の硝子《ガラス》戸を開き、自分のと兄が使っていたものを取り出す。鳴神専用の茶碗もあったけれど、思い出さないよう戸棚の奥にしまい込んでしまった。

「ほら食うぞ」

できあがったのは卵粥《たまごがゆ》だった。テーブルに運ばれた鍋からは、湯気が立ち上っている。

お互い迷うことなく、ダイニングテーブルの定位置に着く。斜《はす》向かいに座っているのは、本来佑の正面には兄が座っていたからだ。

「……いただきます」

鳴神に粥をよそってもらい、佑は手を合わせる。レンゲで口に運んだ卵粥の優しい味は郷愁を呼び起こした。懐かしさで、胸が詰まる。

目の奥が熱くなったけれど、卵粥を飲み込んでごまかした。

まさか、こんなふうに鳴神と食事を共にする日がまた来るなんて。

「とりあえず、佳希《よしき》の居場所は俺が突き止める。それまで、お前は大人しく普段どおり過ごしていろ」

「俺だって役に立ちます。黙って待ってるなんてできるわけないじゃないですか」

長時間拘束される張り込みは難しいが、通常業務の合間に聞き込みや調べ物は可能だ。

「いいから俺の云うことを聞け。お前だって命は惜しいだろう」

「危ない団体だということはわかりましたけど、俺だってもう大人なんですよ。これでも弁護士なんですからね」

鳴神にとって佑は、未《いま》だに出逢《であ》った当時のままの感覚なのかもしれない。

「お前はもう向こうに面が割れてる。恐らく身辺を調べられてるだろう。下手《へた》につついて、お前まで狙われるようなことになったらどうする」

「何を云ってるんですか。俺が狙われるわけないじゃないですか」

〈アフタービジョン〉にターゲットにされるのは、見目のいい若者だということだ。その条件に二十七歳の佑は当てはまらない。

「お前はもっと自覚を持て。昔から変質者にだってしょっちゅうつけ狙われていただろう」

「あれは俺が子供で御《ぎょ》しやすそうだったからでしょう。体力も知識も増えたし、あの頃とは違います。それにいまの俺が『商品』になるわけないじゃないですか」

「あのな、佑――」

「グーテンモルゲン、佑！」

突然、リビングのドアが勢いよく開け放たれた。

王子様然とした甘いマスクに、ひまわりのように輝く笑顔。テンション高く入ってきたのは、学生時代からの友人である桜小路《さくらこうじ》晴哉《はるちか》だった。

晴哉は喋《しゃべ》り続けながらバイオリンケースを丁寧にダイニングテーブルに置き、トレードマークの仕立てのいいトレンチコートを脱ぐ。

「日本の秋は爽やかでいいな！　あ、これ土産《みやげ》。佑の好きなコーヒー。僕も飲みたいからいま淹《い》れていい？」

「いいけど……」

軽く頭を振って緩いウェーブのかかった髪を整えた晴哉は、ようやく佑以外の存在がいることに気がついた。

「……あれ？　もしかして、鳴神さんじゃないですか？　本物に会えるなんて感激だな！」

佑には見慣れた光景だが、晴哉の怒濤《どとう》の勢いに鳴神は呆気《あっけ》に取られている。

玄関のタヌキの下に隠した合い鍵で勝手に入ってくるのは、鳴神だけではない。この晴哉もその一人だ。

「……こいつは誰だ？　というか、どうして俺のことを知ってるんだ？」

晴哉は一分《ぶ》の隙もない完璧な笑顔を鳴神に向ける。

「僕は桜小路晴哉。高校からの佑の親友ですけど、聞いてません？　あなたのことは佑から昔、よく聞かされてたんですよ。最近は全然話題に上らないから縁が切れたんだと思ってました。あ、よかったらハルって呼んでください」

彼の言葉の端々に棘《とげ》が混じってるように聞こえるのは気のせいだろうか。

（いや、気のせいじゃないだろうな……）

兄を亡くし、鳴神が姿を消したあと、佑が酷《ひど》く荒れていた時期を一番よく知っているのは晴哉だ。

悲しみを紛らわそうと睡眠時間も削って勉強やバイトに逃避していた佑を、彼が見守っていたからこそいまがある。

「桜小路っていうと、もしかして桜《さくら》ホールディングスの関係者か？」

「ご名答！　といっても、会社には一切関《かか》わってない放蕩《ほうとう》息子ですけどね」

「そういや、次男か三男がバイオリニストだって話は聞いたことがある」

「三男です。鳴神さんに認知されてたなんて光栄です」

彼もまた、一年のほとんどを海外で過ごしているタイプの人間だ。といっても鳴神のように荒事に手を染めているわけではない。彼の職業は音楽家——バイオリニストだ。類《たぐ》い希《まれ》な演奏の腕ときらきらしい容姿で人気を博しているだけでなく、その生まれ育ちも特殊だ。

桜ホールディングスは、主に東京を拠点とする不動産会社兼都市デベロッパーである桜ビルディングを中心に多数の関連事業を擁している日本屈指の企業グループだ。

その創始者一族に生まれた晴哉だが、三男という立場を存分に利用し自由に生きている。それを苦々しく思っている家族もいるようだが、晴哉自身は人生を謳歌《おうか》していた。

「ハル、お前海外ツアーの真っ最中だろ。いつ帰ってきたんだ？」

「ツアーは昨日終わった。さっき成田《なりた》に着いたところ。今回は公演数多くてしんどかったから、佑のとこでちょっと寝かせてもらおうと思って」

「お前もか……。たまには実家に帰ったらどうだ」

空港から真っ直ぐ佑の家に来たようだ。世田谷《せたがや》に実家、渋谷《しぶや》に自宅があるというのに、わざわざ佑の家で寝る意味がわからない。

「家に帰ると母さんがうるさいんだよ。いい加減、身を固めろ、会社の仕事もできるようになれってさ。それに佑の家はよく眠れるんだよな、散らかってて。あれ？　でも、今日は珍しく綺麗だな」

「俺が片づけたからな。散らかってるどころじゃなかったぞ」

「そこがいいんじゃないか！　もう少し雑然としてるほうが理想的なんだけどなぁ」

「……二人とも、ここが俺の家だってわかってるか？」

好き勝手に云われ、ムッとする。

「ごめんごめん。自分家より居心地《ち》がいいからさ。あ、いまコーヒー淹れるな」

もうツッコミを入れる気も起きない。

晴哉は勝手にキッチンの戸棚を開けてコーヒーミルを取り出すと、慣れた手つきで土産の豆を挽《ひ》き始めた。

「で、どうして佑の家に鳴神さんが？」

「……ちょっと調査をしてたら再会したんだ」

「調査ってもしかして例の自己啓発グループの件？」

「何でわかったんだ？」

晴哉の指摘に目を瞠る。彼は時折怖いくらいに鋭い。

「佑のことなら何でもわかるよ」

ばちっと音がしそうなほど派手なウインクを向けられる。昔から彼の仕草はいちいち気《き》障《ざ》ったらしいが、不自然でないのは人柄故《ゆえ》だろう。

「おい、佑。こいつに仕事の話をしてるのか？」

「俺より世間のことに詳しいから、ちょっと訊いてみただけです」

眉《まゆ》を顰《ひそ》める鳴神に云い訳をする。何の情報も摑めず困り果てていたときに、世間話の一環で噂《うわさ》を耳にしていないか話を振ったことがあるだけだ。

「僕も気になって色んな人に訊いてみたんだけど、ウチの業界にも取り込まれてる人けっこういるみたい。あそこが主催する食事会が若手の裏の社交場になってるって」

「裏の社交場？」

「音楽って金がかかるから。実家に余裕があったり、実力でやっていける演奏家はいいんだけど、そうじゃない場合はスポンサーが必要になるだろ？　そこがマッチングの場を提供してるみたいなんだよね」

「愛人契約を斡旋《あっせん》してるってことか」

「谷町《たにまち》探しって云ってるみたいだけどね。もちろん、みんながそんなことしてるわけじゃないよ。どうしても、っていう人たちの一部が利用してる感じかな」

人の欲望は果てしなく、そして、欲望は金になるということだ。そうやって数多《あまた》の人間に〝恩〟を売り、組織を大きくしていっているのだろう。

「お前の親友はずいぶんと情報通だな」

「地獄耳ってよく云われる」

お湯が沸き、三人ぶんのコーヒーが淹れられた。馥郁《ふくいく》とした芳醇《ほうじゅん》な香りは気持ちを落ち着かせてくれる。

晴哉からもたらされた情報は、これまでにわかったことを裏づけるものだった。

「つまり、鳴神さんも同じところを調べてたってこと？」

「……まあな」

「すごい偶然！　運命的だなぁ」

「偶然だけど、運命ってわけじゃない」

「いやいや、十分ドラマチックだよ！　映画みたいで憧《あこが》れるなあ。ま、僕と佑の絆《きずな》には敵わないけど。そうだ！　僕にも手伝わせてくれない？」

晴哉が前のめりに詰め寄ってくる。

「え？　そんなこと――」

頼めるわけがないと断ろうとしたけれど、すぐに思い直した。晴哉の情報は使えるかもしれない。〈アフタービジョン〉の顧客は有力者が多いらしいし、日本有数の資産家の息子である晴哉の耳にならもっと噂話が入ってくるかもしれない。

「そうだな。ハルに手伝ってもらえると助かる」

「ちょっと待て。こんな素人に首を突っ込ませて何かあったらどうするんだ」

　鳴神は焦った様子で口を挟んでくる。

「別に危険な真似はさせませんよ」

「俺の話を聞いてたか？　周辺を探るだけで十分危ない。目をつけられたら何をされるかわからない」

「鳴神さん、僕のことも心配してくれるんですか？　優しいな」

「素人が遊び半分で関わるのはやめておいたほうがいいと云ってるんだ。本当に危険な団体だからな」

　鳴神の言葉には、警告以上に棘があるように聞こえる。

「僕に手伝わせるかどうかは佑が決めることであって、あなたには関係ないでしょう」

「今回の件は、二人で協力し合うことになってる。素人に足を引っ張られるのは真《ま》っ平《ぴら》だ」

「あ、佑との間に割り込まれて面白くないんでしょう？　わかります。孤高を気取っても自分が輪の中心にいるのが当たり前だったタイプですもんね」

「それは君のほうじゃないか？　チヤホヤされて育って、自分の我儘《わがまま》が通らなかったことなんてないんだろう？」

「もちろん、そのとおりですよ。この僕の願いが叶《かな》わないわけないじゃないですか」

「おねだりは家に帰ってママにしろ。これは遊びじゃないんだ」

「二人とも！　揉めるなら、ウチから出ていってください」

子供のようなケンカを始めた二人の仲裁に入る。どうやら、鳴神と晴哉の相性は最悪のようだ。

「佑、僕と鳴神さんのどっちを選ぶんだ」

「選ばない。鳴神さんと協力し合うし、ハルにも手伝ってもらう。色んな方向から調べたほうが情報は集まりやすいし」

「俺はこいつと馴れ合うつもりはないぞ」

「別に仲よしクラブを作りたいわけじゃないので、それで問題ありません」

しばらくの間、上手くやってくれればそれでいい。じっと鳴神の目を見つめると、やがて諦めたように肩を竦《すく》めた。

「……わかったよ。云い出したら聞かない性格だったのを思い出した」

鳴神が承諾してくれてほっとする。彼らの相性が悪くても、二人がいれば心強い。

「三人で捜索なんて、探偵団みたいだな」

上機嫌な晴哉に、鳴神は冷ややかな視線を向ける。

「お前と一緒に捜索するわけじゃない」

「じゃあ、どっちが役に立つか勝負しよう。佑、僕に何して欲しい？」

「ハルは引き続き周辺の噂を集めてくれ。俺たちにはセレブの伝手《つて》はないからな」

「了解。久々の日本だし、遊び回って情報を集めてくるよ」

「気をつけろよ」

　バイオリニストとしての晴哉は、資産家のマダムたちに人気だという。『商品』としてターゲットにされる可能性も否めない。

「僕の貞操を心配してくれるんだ？　佑は優しいな。けど、大丈夫。僕が狙われるとしたら、買い手としてだろうからね」

「そういえばそうだった……」

　晴哉は祖父母から生前贈与された株の配当だけでも一生遊んで暮らせる収入になるだろうし、世界を股《また》にかけた演奏ツアーのギャラも破格のはずだ。

　晴哉が興味を持って聞き回っていたら、向こうから営業をかけてくるかもしれない。

「本格的に探偵ごっこめいてきたな。事務所の看板を掛け替えたらどうだ？」

「…………」

　鳴神の嫌み交じりの言葉を、佑は苦笑いで聞き流した。

5

「…………」

佑《たすく》はパソコンの画面を複雑な気持ちで凝視していた。映し出されているのは、男性同士での行為の説明だ。

先日の鳴神《なるかみ》の衝撃の告白のせいで、あれからずっと密《ひそ》かにもやもやし続けていた。

彼の云うことを疑うわけではないが、信じがたい気持ちが拭《ぬぐ》えず、ハウツーを検索してみたというわけだ。

（本当に本当なんだ……）

これまでだって調べようと思えば調べられたが、この歳《とし》になるまで知識を得ることを避けていたのは、性的なことを敬遠する気持ちがあったからだろう。

カマトトぶっているわけではない。幼い頃から、不審者に性的な欲望を向けられることが少なくなく、それ故に生じる嫌悪感から性欲を肯定的に捉《とら》えられなかったのだ。

〈アフタービジョン〉が裏でしていることを考えると、いまでも心理的抵抗はある。汚いとまでは云わないが、愛を伴わない行為は感心しない。

(この間のことはノーカンだから)

車の中でキスやそれ以上のことをされ、拒みきれずに気持ちよくなってしまったけれど、あれは不可抗力だ。いい大人になれば彼のようなタイプも少なくないのかもしれないが、そういう意味で鳴神の発言は佑には受け入れがたかった。

(どんなに慣れていたとしても、体だけのつき合いは不誠実だろ?)

お互いが了承の上なら、法的にも倫理的にも問題はない。そうとわかっていても苛立ちが抑えられないのは、佑が鳴神に理想を抱いているからかもしれない。

鳴神は一体、どんな相手を抱いてきたのだろう。正式な交際相手だろうが一晩限りの相手だろうが、彼に相応《ふさわ》しい相手のはずだ。どちらにしろ佑のような未熟な人間ではなく、酸《す》いも甘いも嚙《か》み分けたような〝大人〟なのだろう。

「……って、何を考えてるんだ」

鳴神の相手がどんな人間だろうと、佑には関係のないことだ。女だろうと男だろうと、個人の自由である。

「佑、支度できたか?」

「……っ、ノックくらいしてください!」

慌ててノートパソコンを閉じる。画面を見られたら、また揶揄《やゆ》の材料を与えることになってしまう。

今日は佳希《よしき》の大学に聞き込みに行くことになっていた。

晴哉《はるちか》も一緒に行きたいと云ってきたのだが、うら若き女性ファンも多い晴哉が大学の前でうろついていたら大騒ぎになってしまう。

鳴神も目立つだろうが、著名人ではないのだから、ただのイケメン扱いですむはずだ。

「何、赤い顔してるんだ？　エロいサイトでも見てたんだろ」

「ち、違います……！」

性的な内容ではあるけれど、下世話な興味では断じてない。

「そろそろ出るぞ。遅くなると学生たちも少なくなる」

「わかってます！」

佑は慌てて立ち上がり、上着を手に取った。


「お待たせしました。アフタヌーンティーセットお二つとブレンドコーヒーお二つ、以上でお揃《そろ》いでしょうか？」

テーブルに運ばれてきた大きな二つのアフタヌーンティースタンドに、女子大生二人が歓声を上げた。佑と鳴神の前に座っているのは、佳希の大学の友人たちだ。

（佳希くんの一番親しい友達が女の子なのは意外だったな）

話を聞く場所は、あらぬ疑惑を生まないよう、公園に面したテラス席のあるカフェを選択した。好きなものを頼んでいいと云ったら、遠慮することなくメニューで一番高いアフタヌーンティーセットを二つも注文されてしまったが必要経費だ。

佳希の大学の近くで聞き込みをしたところ、彼女たちを呆気《あっけ》なく捕まえることができた。

（むしろ、鳴神さんが捕まった感じだけど……）

彼が人を探していると云って声をかけると、あっという間に女子大生に囲まれた。彼女たちはやけに協力的で事情を話すと、詳しいことを知っていそうな子を呼び出してくれたというわけだ。

「お兄さんたちはそれだけでいいんですか？」

「うん。そのセットを見ただけでお腹《なか》いっぱいだよ」

隣に座る鳴神は、自分の仕事はすんだと云わんばかりにコーヒーを飲んでいる。

「改めて自己紹介をさせてもらうと、俺は雨宮《あまみや》佑といって弁護士をしてます」

肩書の入った名刺を差し出すと、思い切り驚きの声を上げられた。

「えっ、弁護士さんなんですか！　全然、そんなふうに見えません！」

「はは、よく云われる……」

　ストレートな言葉が胸に突き刺さる。頼りないと云われたも同然だ。

「探偵さんじゃないんですね。じゃあ、そちらの……」

「鳴神だ」

「鳴神さんも弁護士さんなんですか？」

「俺はただの助手だ」

　どう考えても、彼女たちの関心は鳴神に向いている。何だか釈然としないが、彼が餌となって彼女たちが協力的になってくれたのならそれでよしとしよう。

「早速だけど、話を聞かせてもらってもいいかな？　それ食べながらでいいから」

　二人はいただきますと云うと、気持ちのいいくらいの食べっぷりでサンドウィッチやスコーンやケーキを平らげていく。

「佳希さんに最後に会ったのはいつですか？」

「夏休みが終わるちょっと前かな。映画に誘われたんですけど、私たちは用事が入ってたからお茶だけしたんです。そのとき、すっごいカッコいい彼氏ができたって舞い上がってました」

「〝彼氏〟？」

　想定していなかった単語に目を瞠る。

「え、佳希のお父さんたちから聞いてない？」

「ええ、一言も……」

　初耳の情報だ。両親からはそんな話は一言も聞いていない。

「思い切ってカミングアウトしたのに、彼とのつき合いを両親に反対されたって落ち込んでました。まさか、本当に実行しちゃうとは思わなかったですけど」

　きっと、親に反対されればされるほど恋心は燃え上がったのだろう。そんなふうに無我夢中になった若者を操るのは簡単だったに違いない。

「その彼氏に家出をそそのかされたのかな」

「どっちかというと、佳希から押しかけたのかも。初めての彼氏でもの凄く舞い上がってたから」

「その彼氏の写真とか見せてもらった？」

　その彼氏が〈アフタービジョン〉関係者の可能性は高そうだ。前のめりになりそうな気持ちを抑え、質問を重ねる。

「ううん、見せてって云ったんですけど、有名人だから名前も内緒って。でも、デートで撮った食事とか景色の写真は見せてくれたので嘘ではないと思います」

「有名人？　芸能人とか？」

〈アフタービジョン〉の会員には俳優やアイドルもいるらしい。そういう人物を使って、佳希を籠絡《ろうらく》したのかもしれない。

「どうだろう、私たちも知ってる人って云ってたよね？」

「彼が？」

「ていうか、そんなに心配しなくても大丈夫ですよ。無事なのはわかってますから」

意外な言葉に瞠目《どうもく》する。そういえば、友人が行方不明だというのに、彼女たちに悲壮感はなかった。

「もしかして、連絡し合ってる？　直近はいつだった？」

「たまーにですけど、連絡はくれるので。先週の土曜だったかな。どこにいるかとかは教えてくれないんですけど、元気そうにはしてるからデートDVとかじゃないと思いますよ」

「すごい夜景の前で撮った自撮りを送ってきました。家に連絡しなよって云ってるんですけどね」

「本当に⁉　その写真ってまだあるかな？」

大きな手がかりに興奮する。こんなにあっさりと佳希の足取りを追う手がかりが得られるなんて思わなかった。

「多分、消してないと思います」

見せてもらったのは、東京の夜景を見下ろす大きな窓を背景にした自撮り写真だった。

「ちょっと貸してもらっていいかな」

「いいですよ」

スマホを受け取り、写真を凝視する。都心のランドマークがいくつか写っている。地図と照らし合わせれば、佳希がどこで写真を撮ったかわかるはずだ。窓の外の夜景ばかり観察していた佑だったが、ふと視線を移した瞬間、ある一点に目が留まった。

「これって――」

「どうした?」

「ここを見てください」

鳴神に見せながら、画像を最大まで拡大する。佳希の瞳《ひとみ》の中に、男性の姿が映っていた。

「こいつは――」

「速水《はやみ》じゃないですか?」

鮮明ではないけれど、髪型やぼんやりとした顔の造作はわかる。雑誌や動画で目にした彼とよく似ているように見えた。

「え、もしかして速水ってあの速水斗眞《とうま》のことですか?」

「知ってるの?」

「知らないわけないじゃないですか!」

「うそうそ、私も見たい」

二人にスマホを奪い返される。

「本当だ！　速水斗眞だ！」

彼女たちは二人で盛り上がり、検索して出てきた速水の写真と見比べている。色味や明るさを調整すればもっと鮮明に見えるはずだが、彼女たちの目にもそう見えるということはあれは速水で間違いないのだろう。

「つまり、佳希は速水斗眞の部屋にいるってこと？」

「そうかもしれません」

断言はできないけれど、その可能性はかなり高い。

「いいなあ、いつかこんな部屋に住んでみたい」

「こんな彼氏捕まえるなんて無理だって」

「何云ってんの。自分で稼いで買えばいいでしょ」

「そっか、そうだよね」

話題が逸《そ》れつつある。いまのところ、この二人からはこれ以上の情報は出てこないだろうと判断し、話を終わらせることにした。

「あの、この件は佳希くんが戻ってくるまで内密にお願いできますか？」

「えー云っちゃダメなの？」

「お願いします。佳希くんも内緒にしていたようですし」

「そっか。わかった、内緒にしとく」

「ありがとうございます。それと彼から連絡があったら、その名刺に書かれたところに連絡してもらえると助かります」

「連絡って、いまどきメールアドレス？」

「このアプリでよくないですか？」

スマホの画面に表示して見せられたのは、若い子の間で流行《はや》っているメッセージアプリだった。

「すみません、それは使ってないんだ」

「すごく便利だから入れたほうがいいですよ！　鳴神さんもどうですか？　連絡先、お二人とも教えてもらったほうが安心っていうかぁ……」

上目遣いに鳴神のほうを窺っている。彼女たちの真の目当ては、やはり彼の連絡先のようだ。

「手間をかけちゃうけど、固定電話かメールでお願いできるかな。事務所なら大体誰かいるから、連絡もつきやすいし。ね？」

佑が云い含めると、二人は渋々といった様子で了承してくれた。

6

「本当にありがとうございました。何もかも先生のお陰です」

「いえ、当たり前の結果ですよ。加藤《かとう》さんも頑張りましたね」

駆け出しの弁護士である佑《たすく》だが、行方不明事件の他にもそれなりに依頼はある。

今日は離婚案件で、家裁での三回目の調停の日だった。依頼人である妻が親権、養育費、慰謝料とほぼ希望どおりの結果を得られたのは、当然だ。これまで苦しいことも多かっただろうが、心機一転平穏な日々を送ってもらいたい。

「先生がいてくださったから、諦めずにすみました。あっ、もうこんな時間！」

「お迎えの時間ですか？」

「はい、改めてお礼に伺わせてください！」

加藤は何度も振り返って頭を下げながら小走りで駅へと向かっていった。彼女の伸びた背筋を見ながら、肩の力を抜く。

依頼人の晴れやかな顔を見るのは、何よりの励みになる。誰かの役に立てているということが、佑の支えになっていた。

「久しぶりだな、雨宮《あまみや》」

「……志村《しむら》?」

声をかけてきたのは、大学で同期だった男だ。佑の一年あとに司法試験に合格し、大手弁護士事務所に就職したはずだ。

「元気にしてたか?」

「ああ、お前もバリバリやってるらしいな。評判は聞いてるぞ」

「そりゃ光栄だな。しかし、お前は見た目がちっとも変わらないな。スーツ着てても学生みたいだ」

「悪かったな、威厳がなくて」

年齢不詳な外見は佑の悩みどころだ。髭《ひげ》を生やしてみようと思ったこともあったが、ちっとも似合わず余計に怪しくなってしまったため断念した。

「依頼人に圧迫感を与えなくていいと思うけど。企業相手なら強面《こわもて》のほうが得だけどな。そういえばお前、面倒な案件に手を出してるんだってな」

「え?」

唐突に振られた話題に目を瞬《しばたた》く。志村は佑に顔を近づけ、声を潜めて云った。

「〈アフタービジョン〉だよ。あそこは本気でヤバい。依頼人にはてきとうにごまかして早く手を引いたほうがいいぞ」

「何で知って――」

通常、依頼内容を人に話すことはない。大々的に活動しているならともかく、佳希《よしき》の件は鳴神《なるかみ》と晴哉《はるちか》以外に知っているのは事務員だけのはずだ。

青ざめた佑に気づき、志村は気まずそうに云い訳をする。

「俺の上司がちょっとな」

「まさか、あそこの関係者ってわけじゃ……」

「ウチの人間が、あそこの顧問なんだ」

「ヤバい団体だってわかってるのか⁉」

佑が声を荒らげると、志村は苦い表情を浮かべる。

「そりゃあ、まあ。裏で色々やってるって噂《うわさ》は耳にしてる。悪行を暴こうとして消されたジャーナリストもいるとか何とかって。でも、ウチの事務所はそういうグレーなクライアントが多いからな。もしかして、いままで知らなかったのか？」

小声で耳打ちされた内容に絶句する。

「企業法務が得意分野ってだけかと……」

志村が属しているような大手弁護士事務所にも、〈アフタービジョン〉の息がかかっている人物がいるなんて想像もしていなかった。

「上司は言葉を濁していたが、代表の速水《はやみ》がお前のことを知りたがっているようだ。お前のことを訊かれたから、正義感の強い、真面目《まじめ》なやつだとだけ云っておいたけど」

「――――」

自分が調べられているという事実を知らされ、じわじわと恐怖が這《は》い上がってくる。佑のような一介の弁護士のことなど、気に留《と》めることはないだろうと思っていた。

だが、佑の身を心配していた鳴神の懸念《けねん》は当たっていたらしい。

「依頼人の力になりたい気持ちはわかるがほどほどにな。頼むから、身辺には気をつけてくれよ」

志村は偶然を装っていたけれど、佑の身を案じて声をかけてくれたのかもしれない。口調は軽かったが、彼の目は真剣そのものだった。

「……忠告ありがとう。色々考えてみるよ」

「そのほうがいい。今日は顔が見られてよかった。近いうちに同期会でも開こうぜ」

「ああ、そうだな」

佑は作り笑顔で志村と別れたあと、駅へは向かわずタクシーを拾った。

普通の人間なら、あんなふうに云われれば尻込《しりご》みするだろう。だが、負けず嫌いの佑の心には火がつくだけだった。

探りを入れられているということは、核心に近づきつつあるということだ。警戒はすべきだが、方向性に自信を持ってもよさそうだ。

しかし、用心しておくに越したことはない。これまで以上に警戒はすべきだろう。タクシーで帰宅したのは、尾行を警戒してのことだ。

もうあたりは薄暗くなっていたし、駅のホームは開けているように見えて死角も多い。

「!?」

事務所の入り口を開けようとして、鍵が開いていることに気がついた。志村の言葉を思い出して、一瞬背筋が冷える。

緊張感に身を包み、音を立てないようドアを開けた佑は、応接セットのソファからはみ出した足を見て拍子抜けした。

「おかえりー」

佑の気配を察し、声をかけてきたのは案の定、晴哉だった。侵入者の正体がわかり、ほっと胸を撫で下ろす。

「ハル、来るなら先に云えよ。誰かと思っただろ」

「僕と鳴神さん以外に勝手に入り込むようなやついるわけ？」

「空き巣の可能性だってあるだろ。ていうか、外の鍵はもう置いてないのにどうやって入ったんだ」

鳴神に指摘されたこともあるが、確かに男一人だからと不用心すぎたと反省したのだ。

「合い鍵作っておいた」

「いつの間に……」

早めに鍵自体を替えたほうがいいかもしれない。侵入者が鳴神や晴哉だけならいいが、万が一ということも考えられる。

「コーヒー飲むけど、ハルも飲むか？」

「カフェインはちょっと……。白湯《さゆ》ちょうだい」

「白湯？」

「さすがの僕も飲みすぎて胃が辛くて」

「飲みすぎって、うわ、お前、酒臭いな！」

ちょっと近づいただけで、アルコールの臭《にお》いが鼻につく。これほどまで臭うとなると、相当飲んだのだろう。

「毎晩、朝までコースはちょっとキツかったな～。加齢をしみじみ感じるよ……」

「そんなに出歩いてたのか？　しばらく音沙汰なかったから心配してたんだぞ」

晴哉にはセレブの噂話を集めてくれるよう頼んでいたけれど、それほどまで熱心に情報収集をしてくれていたとは。

「人恋しい気分だから声かけてって云っておいたら、誘いがひっきりなしで大変だったよ。今日なんて昼からワインをたらふく飲まされたし」

佑が知り合うことのできないような類いの人たちに顔が広い。晴哉は気さくで人懐こく、後ろ盾も肩書も容姿も申し分ない。

純粋に好かれてもいるし、打算的に近づきたい人間も多くいるのだろう。

「ほら、白湯」

リクエストに応じ、白湯を手渡す。それを飲んだ晴哉は、やっと人心地ついた表情になった。

「はー、生き返る」

「熱心に調べてくれるのはありがたいけど、あんまり無理はするなよ」

〈アフタービジョン〉の関係者に狙われる不安もあるが、晴哉の肝臓も心配だ。あとで味《み》噌《そ》汁《しる》を作ってやるべきかもしれない。

「でも、夜遊びもたまには楽しかったし。お陰でいい話を仕入れられたしね」

「いい話？」

佑は自分のコーヒーを淹《い》れ、晴哉の正面に腰を下ろす。依頼人と話をするときの定位置だ。

「前にマッチングの場があるみたいだって云っただろ？　それの常連になると、定期的に開かれてる秘密クラブのようなところへ招待されるようになるんだって」

「秘密クラブ？」

「それぞれ仮面をつけて会場に行って、違法賭博《とばく》とかオークションとか背徳的な行為に興じるんだってさ」

「仮面って映画じゃあるまいし……」

想像以上に荒唐無稽《こうとうむけい》な話だが、そういう形式めいたものが好きな層は少なくないのかもしれない。金も時間も余っている人間にとっては生活にスパイスを求めたくなるのだろう。

「そういうお遊びがウケるんだろうな。選ばれし招待客は政治家や政府高官、経済界の大物なんかの利用価値のある人間。対価は金だけじゃなくて、彼らの持つ権力の行使」

「客層は想定内だけど、背徳的な行為って何だ？」

「セックスに決まってるだろ。普通の風俗よりも過激だったり、非倫理的だったりする行為ができるわけ」

「な、なるほど……」

過激というのは、ＳＭプレイのようなことだろうか。その手の知識が乏しい佑には、想像するにも限界がある。非倫理的というのは恐らく未成年に相手をさせているに違いない。〈アフタービジョン〉が集めているのは年若い青少年ばかりだ。被害者たちのことを思うと、怒りがふつふつと込み上げてくる。

「あと、これ」

「何だ？」

「速水斗眞《とうま》講演会の招待状。さすがにその秘密クラブのほうは無理だったけど」

聞くところによれば、速水の主な活動は講演会とサイン会だそうだ。テレビや雑誌で彼が取り上げられて以来、入会者は雪だるま式に増えていっているという。

まるで芸能人の活動だが、〈アフタービジョン〉が数多《あまた》の女性会員を獲得しているのは、彼の個人的な魅力によるところも大きいだろう。

「すごいな、ハル！」

いまの佑にとっては垂涎《すいぜん》の品だ。厚手のキラキラした紙に会場と日時が書いてある。この招待状一枚で一人入場できるらしい。

「だろ？　もっと褒めて」

ふふん、と自慢げに胸を反らしている。

「さすがだよ。でも、どうやって入手したんだ？」

「偶然、熱心な速水ファンの子と知り合ってさ。友達がどうしても講演会に行きたがってるって云ったら快く譲ってくれた」

いしね」

「まあ、君のために一曲弾くよとは云ったかな。可愛い子だったし、デートも吝《やぶさ》かじゃな

さすが数多の浮き名を流してきただけのことはある。世界の桜小路《さくらこうじ》晴哉が自分のため

に一曲弾いてくれるとなれば、講演会の招待状の一枚や二枚安いものなのだろう。

「佑のためなら、一曲と云わず十曲でも二十曲でも弾くけどね」

「はいはい、ありがとな」

晴哉の軽口は佑にも分け隔てなく発揮されるため、聞き流すことに慣れてしまった。

「いつになったら僕の本気を受け取ってくれるんだろうな」

「そんなことより、この招待状で入場する場合、名前の確認とか大丈夫なのか？」

「そういう点は緩いみたいだね。新しいファンを増やすことは奨励されてるんだってさ。

紹介すればするほど招待状が当たりやすくなるみたいだよ」

「そのへんもネズミ講システムなんだな……」

ファンが増えれば増えるほど、カモになる候補者も多くなる。間口を狭めてレア感を演

出しつつ、多くの熱心な支援者を募ろうということなのだろう。

「とにかく助かった。とりあえず、講演会に行って彼を捜してみるよ」

佳希の姿がなくても、速水がその場に来ることは確かだ。彼と話ができるようなら、佳

希を家に帰すよう話してみるつもりだ。大学生になったとは云え、未成年の略取にあたる。

　話が物別れに終わったとしても、その場から尾行するなりすれば佳希の居場所を特定することができるかもしれない。

「ああ、そうだ。それ、ドレスコードあるから気をつけてよ」

「ドレスコード?」

「立食パーティ形式で、トークのあと速水が会場を回ってくれるんだってさ。だから、思い思いにめかし込んでるらしいよ。男性ファンも少なくはないみたいだけど、速水に憧れてるようなタイプばっかりだからホストっぽい格好してるって」

　華やかな世界で生きている晴哉と違って、佑にはパーティなど縁がない。友人の結婚披露宴に一度呼ばれたが、そのときは借り物のスーツで赴《おもむ》いた。

「……手持ちのスーツじゃダメか?」

「ダメダメ。僕にコーディネートさせてよ。いつもの野暮《やぼ》ったいスーツじゃ逆に目立っちゃうだろうし」

「野暮ったい……」

「仕事のときなら、真面目そうで悪くないと思うけどね」

「――――」

晴哉のフォローの言葉も、ぐさぐさと胸に突き刺さる。これまで服装には頓着《とんちゃく》してこなかったけれど、少しは気を遣ったほうがいいかもしれない。

「佑のほうはどう？　何か進展あった？　鳴神さんと本部の張り込みしたんでしょ」

「う、うん」

張り込みという単語に、思い出したくない記憶が蘇ってくる。下腹部を意識してしまいそうになり、必死に意識を散らした。

「速水が住んでると思《おぼ》しきマンションは特定できた、と思う」

「すごいじゃん。彼を確保するのも時間の問題だな」

「でも部屋はわからないし、彼がいまもそこにいるかは確信が持てないんだよな。いま、鳴神さんが調べてくれてるんだけど――」

佳希の友人たちに話を聞いたあの日以降、鳴神から連絡はないし、佑の家にも現れない。一体、どこで寝起きしているのだろうか。

(俺はあれからまともに眠れてないっていうのに)

健康な成人男子である以上、生理現象は少なからずある。もやもやするたびに鳴神に触れられ、イカされたことを思い出し、恥ずかしさでのたうち回っていた。

「だったら、安心なんじゃないの？　待てば海路の日和《ひより》ありって云うじゃない」

「そ、そうだよな」

調査結果ではなく、音沙汰のない鳴神のことばかり気にしている自分に気づき、気まずくなる。彼にとっては取るに足らないことで一人身悶《みもだ》えていることが悔しくて堪らない。

「鳴神さんの身がそんなに心配？　元警官だし、海外で荒事にも関わってたんだろ？」

「いやまあ、心配してるわけじゃないっていうか……」

「じゃあ、何に悩んでるわけ？」

晴哉は、ずいと顔を近づけてくる。

「な、悩んでるってほどじゃないし、本当に下らないことだから」

思わず目を泳がせる。

「話せば楽になることもあるだろ。下らないことを愚痴るのが友達だろ。ていうか――鳴神さんと何かあった？」

「え⁉　別に何もないけど」

いきなり核心を衝かれて動揺する。

「あったって顔に書いてある」

真顔で告げられ、居たたまれなくなる。晴哉は鋭いし、しつこい。逡巡《しゅんじゅん》を繰り返した末、観念して話すことにした。

「……いや、あったっていうか、不慮の事故っていうか……」

「不慮の事故って？」

「張り込んでるときにバレそうになって、イチャついてる恋人同士のふりをしただけなんだけど……」

「そのときにキスでもされた？」

「どうしてわかったんだ⁉」

思わず大きな声を出してしまった。

「そんだけ動揺してれば誰でも見当がつく。法廷にも立ってるんだから、もっとポーカーフェイスの練習したら？」

「…………」

正確にはキスされたのと、手で抜かれただけだ。キス以上のこともされた事実まで晴哉に開示したくはない。

「ていうか、鳴神さんたら油断も隙《すき》もないな。嫉妬《しっと》しちゃうな。こんなことなら、もっと早く迫っておくんだった」

「何云ってるんだ、ハル」

珍しく際《きわ》どい冗談を口にする晴哉に笑いを誘われる。

「本気で云ってるんだけど。佑は自分があるようで、流されやすいところがあるからな。あんまり強引に行くのはよくないなって思ってたけど、まさか先を越されるとは」

「別に流されやすくなんか……」

W.H. ホワイトハート 2021 2 新刊案内
待望の新作は、発情ラブ！
BL
狗《いぬ》の王
ふゆの仁子　イラスト／黒田 屑
定価：本体850円（税別）
真上ランは、神の造形物のように美しい男・フェンリルと出会う。直後、体に異変をきたしたランは、熱病にうかされたように初対面のフェンリルに抱かれてしまった。
初版限定特典!! 書き下ろしSSつき!

BL

アラビアン・ハーレムナイト ～夜《や》鷲《しゅう》王《おう》の花嫁～

灼熱の王宮で、
美形王子に執着されて――

ゆりの菜櫻

イラスト／兼守美行　定価：本体820円（税別）

亡くなった元妻を弔うためデルアン王国を訪れた律は、彼女の弟のリドワーン王子と再会する。元妻の子供をめぐり彼と対立した律は、宮殿に監禁されてしまい……!?

初版限定特典!! 書き下ろしSSつき!

ゆりの菜櫻 先生より

今回は第７王子リドワーンと、ずっと思い焦がれていたけど、ある理由で遠ざけていた律との再会愛。ある理由とは一体？　彼らの恋を応援してくださいね。

大好評配信中
あの名作を電子合本でイッキ読み！
ハーバードで恋をしよう
全4冊合本版
小塚佳哉
イラスト／沖 麻実也
スーパーエリートに囲まれた
仁志起の目眩く日々！
収録作品
ハーバードで恋をしよう
ハーバードで恋をしよう　レジェンド・サマー
ハーバードで恋をしよう　テイク・マイラブ
3泊4日の恋人
霞が関で昼食を
全6冊合本版
ふゆの仁子
イラスト／おおやかずみ
霞が関で繰り広げられる、
後輩×先輩の極上の恋！
収録作品
霞が関で昼食を
霞が関で昼食を　恋愛初心者の憂鬱な日曜
霞が関で昼食を　三度目の正直
霞が関で昼食を　幸せのその先は
霞が関で昼食を　つかのまの休息
霞が関で昼食を　秘密の情事
合本特典
イラスト&
SSつき！
ホワイトハートの3月刊予告
紙も電書も同日発売！
3月5日頃発売予定
※予定の作家・書名は
変更になる場合があります
BL
VIP 宿命
高岡ミズミ　イラスト／沖 麻実也
BL
電子オリジナル VIP stay with me
高岡ミズミ
BL
閻魔の息子
樹生かなめ　イラスト／奈良千春
BL
電子合本
龍&Dr.　シリーズ31巻〜40巻　10冊合本版
樹生かなめ　イラスト／奈良千春
X文庫ホワイトハート
講談社 〒112-8001 東京都文京区音羽2-12-21
公式サイト
http://wh.kodansha.co.jp/
公式ツイッター
@whiteheart_KD
公式サイトで
「ブライト・プリズン」
カレンダー
ダウンロードプレゼント中！

BL
霹《へき》靂《れき》と綺《き》羅《ら》星《ぼし》
新人弁護士は二度乱される
再会した亡兄の親友は、
危険な香りがした——
藤崎　都
イラスト／睦月ムンク
定価：本体850円（税別）
新人弁護士の雨宮佑は、依頼人の仕事がらみで亡き兄の親友・鳴神柾貴と鉢合わせする。一枚も二枚も上手な柾貴のペースに乗せられ、佑は身も心も翻弄されるが……。
初版限定特典!! 書き下ろしSSつき!

ないと云いたかったけれど、実際は鳴神を拒みきれずあんなことまでされてしまった。自覚していなかったけれど、晴哉の云うとおりなのかもしれない。

「昔から佑のこと狙ってたとか？」

「それは絶対にない。むしろ、俺なんか微塵《みじん》も意識してないから、ああいうことできたんだろ」

二十七歳になったいまも、子供扱いをされている。キスも手淫《しゅいん》も世間知らずな弟分に、ものを教えてやろうというだけだったに違いない。

「そうかなあ。少なくとも、佑のことは大事にしてるよね。むしろ、過保護っていうか。残りの張り込みは鳴神さんが一人で引き受けてくれたんだろ？」

「それは俺が親友の弟だからだろ。それ以上でもそれ以下でもないって」

自分の言葉に気持ちが塞《ふさ》いだ。

(何で俺はヘコんでるんだ？)

わかりきった事実に落ち込む意味がわからない。自分は〝弟〟以上の特別扱いをされたかったのだろうか。

佑にとって鳴神は、兄の親友で尊敬できる年長者という存在だった。性的なニュアンスを含んだ目で見たことは一度としてなかったはずだ。

「……ハルはさ、好きでもない相手と、その、そういうことってできる？」

鳴神にとってあれは手慰み程度のことだったろうと思う。問題は佑のほうだ。あろうことか嫌悪感など微塵もなく、快感に溺《おぼ》れかけてしまった。

「潔癖な佑としては、たとえふりだとしても何とも思ってない相手にキスができるものなのかと疑問を抱いているってとこ？」

「うん、そんなとこ……」

「まあ、好きの種類と程度によるかなー」

「種類と程度？」

「好感にも色々あるだろ。家族、友人、知人って。友人にも色々あるし、ちなみに僕は佑のことを親友だと思ってるよ」

「ありがとな。俺もだよ」

「世の中の親友の基準はわからないけど、ぶっちゃけ佑なら抱ける」

「……それ、本気で云ってるのか？」

佑は眉根《まゆね》を寄せて、晴哉の顔をじっと見つめる。

「本気だよ。佑のこと好きだもん」

「お前、彼女がいただろ。俺とは全然タイプの違う子ばっかりだったじゃないか」

スタイルのいい派手な美人ばかりだった。

「好みだからじゃなくて、純粋に好きだってこと。肉欲と愛の違いって云えばいいかな。

例えば、佑がガチムチマッチョとか関取みたいな体格だったとしてもできると思う」

「へ、へえ……」

晴哉の愛の深さに感心する。変わり者で一般的な感覚とは遠い彼に、一般論を訊くのが間違いだったようだ。

「どう、試してみる？」

晴哉は佑の隣に移動し、ぐっと距離を詰めてくる。至近距離で目にする親友の整った顔立ちに改めて感心してしまう。

「……ハルはやっぱりカッコいいな」

完璧なパーツが完璧な位置に配置されている。けぶるような長い睫毛《まつげ》に色素の薄い大きな瞳。バラ色の唇に陶器のように滑らかな肌。甘いバリトンボイスも魅力的だ。

「は？」

「昔から思ってたけど、本当に整った顔してるなって」

友人として見飽きるほど見てきた顔だけれど、改めてこうして見るとその美貌に感心してしまう。

「それ、いま云うこと？　この僕が迫ってる最中だっていうのに」

「ごめんごめん」

「もっとムードを大事にして欲しいな。よし、仕切り直そう」

顎を指先で持ち上げられ、顔が近づいてくる。吐息が触れそうになる寸前、佑は晴哉の口を手で塞いだ。

「いや、もういいって。俺は無理そう」

佑にとって、親友は家族のようなものだ。同じ布団で寝たり、一緒に風呂《ふろ》に入ったり、ハグなどのスキンシップは問題なくできても、性的な接触は無理だろう。恥ずかしいというより、違和感と罪悪感に苛《さいな》まれそうだ。これは親友の基準が違うのではなく、セックスに対しての意識の違いだろう。

「少しくらい悩んでくれたっていいじゃないか」

「誰が悩むか」

「残念」

晴哉は心から残念そうに肩を竦《すく》める。

鳴神のモテっぷりは晴哉と同レベルだろう。そう考えると、彼らの感覚は佑よりも近しいものかもしれない。

鳴神にとっても、誰かの体に触れることはさほど特別なことではないのだろう。

彼らとは違って、佑は見知らぬ相手とその場限りの行為をすることも無理だろうし、親友とはキスですら抵抗がある。

（……恋愛って何なんだろ）

数多の物語で描かれてきているということは、それだけ素晴らしいものなのだろう。だが、佑にはまだその実感は持てていない。

小学生の頃に淡い初恋はしたけれど、密《ひそ》かにときめくだけで卒業を迎えた。中高一貫の男子校に入ってからは勉強と部活で忙しく、両親を亡くしてからは色恋に憧れを抱くことすらなくなった。

男女問わず尊敬できる人はいるけれど、恋愛に繋《つな》がるような感情ではないし、第三者に性欲を抱いたこともない。そのときふと、佑の脳裏に新たな疑問が浮上した。

（だったら、どうして俺は嫌悪感の一つも抱いてないんだ……？）

いくら考えても、答えは出てこなかった。

7

「こんな店入るの初めてなんだけど……」

「大丈夫、誰も取って食ったりしないから」

速水《はやみ》の講演会に出向く前に晴哉《はるちか》に連れていかれたのは、正面に黒スーツのドアマンが立っているようなハイブランドの店だった。

鳴神《なるかみ》には講演会の招待状が手に入ったことは話していない。会場に潜り込むなんて云《い》ったら、危ないからやめろと絶対に止められるだろうからだ。

「いらっしゃいませ、桜小路《さくらこうじ》様」

「久しぶり」

店員とは顔馴染《かおなじ》みらしく、晴哉が入店した途端、奥から店長らしき人物が出てきた。

「桜小路様！　ご連絡いただければ、こちらからお伺いいたしましたのに」

「今日は僕の買い物じゃなくて、友達の服を見に来たんだ。ちょっとしたパーティがあるんだけど、彼に似合いそうなのを見繕《みつくろ》ってもらえる？」

「かしこまりました。細身でお顔が小さいので、何でもお似合いになると思います」

「地味な服ばっかり着てるから、今日は華やかにしてやってよ」

「お任せください。お二人はこちらでお待ちいただけますか？」

店長と店員は佑《たすく》たちにコーヒーを出したあと、店内に散っていった。

「何か俺、場違いなような……」

「大丈夫、心配しないでも佑に似合う服を用意してくれるから」

「そういう心配はしてないんだけど……」

やがて、彼らは思い思いのアイテムを手に戻ってきた。

「ご面倒かと思いますが、ご試着してみていただけますか？」

「わ、わかりました」

ああでもないこうでもないと、着せ替え人形よろしく何パターンか着せられる。初めのうちは口を挟んでいた佑だったが、途中からは云われるがままだった。

「うん、これいいんじゃないかな」

「色味が少し華やかすぎるかと思いましたが、お召しになられると色白で上品なお顔立ちによく映《は》えますすね」

「だよね？　佑は可愛いから地味な格好だと逆に目立つんだよ」

「――――」

やっと決まったかと、密かに嘆息する。服を着替えるだけでもこんなに疲れるものかと初めて知った。

「ちょっとこっち向いて」

晴哉はポケットから取り出したワックスで佑の前髪を整える。

「ほら、佑もちゃんと鏡見てみなよ」

「見てるって――」

晴哉にフィッティングルームの外にある鏡の前に引っ張っていかれる。外光の入る場所で改めて自分の姿を目にした佑は思わず息を呑んだ。

見違えたという言葉がぴったりだった。

艶《つや》のある生地で仕立てられた細身のスーツに柔らかなオフホワイトのシャツ、小さなドットの散ったネクタイと胸のポケットチーフは同じ臙脂《えんじ》色だ。金色のタイピンにカフスだけでなく、磨き上げられたプレーントゥの革靴まで用意されていた。

確かに我ながらよく似合っているとは思うが、こういう格好で出歩くことには不慣れだ。

「……本当に派手すぎないか？」

「全然！　我ながらめちゃめちゃ可愛くできたな」

佑を全身コーディネートした晴哉はご満悦だ。

「本当によくお似合いです」

「このまま着ていくのでタグを切ってもらえますか？」

「かしこまりました」

店長がハサミを取りに行った隙に、晴哉に耳打ちする。

「ていうか、これいくらするんだ？」

着替えることでいっぱいいっぱいでタグを見る余裕もなかったけれど、普段身につけている服とは桁《けた》が違うことは明白だ。

「値段は気にしなくていいよ。僕が出すから」

「そういうのはダメだって云ってるだろ！　ちゃんと自分で払うよ」

晴哉にとっては大したことのない金額だが、だからといって甘えていいわけはない。

「佑は堅いなあ。ま、そういうところが佑らしくて好きなんだけど。誕生日プレゼントならいいだろ？　今年はスルーしちゃったしさ」

「誕生日プレゼントにしたって高価すぎるだろ」

「ここは僕の顔を立てて受け取って。これ着て僕のコンサートを聴きに来てよ。最近、忙しいって云って、全然来てくれないしさ」

「本当に忙しかったんだから仕方ないだろ。わかった、次は必ず行く。その代わり、チケットは自分で取る。それでいいか？」

スーツ一式とコンサートのチケット代では釣り合わないが、佑にできることはそのくらいしかない。

「やった！　絶対に約束だよ」

晴哉は子供のように無邪気に喜んだ。

「せっかくだから、デートもしよう。完璧にエスコートするから楽しみにしてて」

「期待してるよ」


「いい？　本当に気をつけるようにね。様子だけ窺って、深入りしないこと」

「わかってるって」

さっきから、同じ忠告を繰り返し聞かされ、うんざりしてきた。自分はそんなに信用ないのだろうか。

「もうここでいいから、ハルは帰ったほうがいい」

晴哉がホテルの前まで送ってくれたけれど、ファンに見つからないうちに帰しておきたい。騒ぎになれば、速水たちにも警戒されかねないからだ。

「やっぱり、僕も一緒に行こうかな。佑を一人で行かせるなんて心配だよ」

「この招待状では一人しか入れないのにどうするつもりだよ。そもそもハルが一緒だと目立って仕方がない」

生まれたときから注目を浴びているせいか、周囲からの視線に無頓着《むとんちゃく》なところがある。

「じゃあ、あとで迎えにこようか」

「何時になるかわからないし、一人で大丈夫だ」

チャンスがあるなら速水の尾行もしたいが、それを云えば止められるのはわかっているため口を噤《つぐ》んでおいた。

「何かあったら、すぐ連絡するんだぞ」

「ハルも心配性だよな。俺はもうとっくに大人で、これでも弁護士なんだぞ」

「だけど、佑は無自覚だからなあ」

無自覚とはどういう意味かと訊こうとしたけれど、続けられた晴哉の言葉にそれどころではなくなった。

「あれ、鳴神さんじゃないか？」

「え？」

晴哉の言葉にドキリとする。視線を向けた先には、鳴神の姿があった。ホテルのラウンジで、コーヒーカップを手にしている。

普段のミリタリー系の上下ではなく、黒のジャケットを羽織っている。髪も切ったようでさっぱりとした髪型になっていた。

「ああいう格好してるとさすがに見違えるなぁ。一緒にいる人、もの凄い美人だな。あんなゴージャスな美人と知り合いなんて、さすが鳴神さん」

鳴神ばかりに目がいっていたけれど、テーブルを挟んで向かい合っている女性がいた。

晴哉の云うように、息を呑むような美貌《びぼう》の持ち主だった。

長い髪を片側に流し、白いかっちりとしたスーツに身を包んではいるけれど、メリハリのあるボディは見てとれる。

「もしかしなくても、鳴神さんの彼女かな。佑は知ってる？」

「………」

晴哉の言葉に胸がズキリと痛む。あの人が鳴神の大事な人なのだろうか。

伸びた背筋やその表情から、自信に満ちあふれた女性だということが伝わってくる。いかにも高嶺《たかね》の花という佇《たたず》まいだった。

彼女なら鳴神と並んで歩いても、佑と違って決して引けを取らないだろう。あの人なら、どう接したらいいかわからないという気持ちもわからなくはない。

（何だ……？）

胸が痛い。喉の奥に何か閊《つか》えているような苦しさに、上手く呼吸ができなかった。

「声かけてみる？」

「邪魔しちゃ悪いだろ。こっちももう受付時間だし」

　好奇心を露わにする晴哉を止め、彼らの視界に入らないよう引っ張って移動する。いまはまだ彼女の正体を知る心の準備ができていなかった。

（ん？　何で心の準備が必要なんだ？）

　自問するが答えは出ない。

「とにかく、ハルはちゃんと真っ直ぐ家に帰るんだぞ」

〈アフタービジョン〉側に目をつけられるのは、自分だけでいい。晴哉までつけ狙われるようになることは避けたかった。

「佑の家で大人しく留守番してる」

「ウチじゃなくて、実家に帰れ。たまにしか日本にいないんだから、親孝行するいい機会じゃないか」

　久々の日本だというのに、自分の手伝いばかりさせているのは心苦しい。

「親孝行したくても、二人とも僕以上に飛び回ってるからなあ。でもまあ、佑がそう云うなら、たまには一緒に食事でもするかな」

「それがいいよ。ご両親によろしく伝えておいて」

「母さん、佑のことお気に入りだから、どうして連れてこないんだって怒られそう」

「またの機会にな」

8

割れんばかりの拍手のあと、速水《はやみ》はステージを去っていく。思い思いに着飾った招待客たちで埋め尽くされたホテルの宴会場は終始興奮に包まれていた。

前評判どおり女性がほとんどだけれど、男性参加者も数人見受けられた。女性の年齢層が様々なのに対し、男性は二十歳前後の若い青年ばかりだ。

きっと彼らは皆、速水に憧れ、目標としているのだろう。誰しもがキラキラした眼差しと昂揚《こうよう》した顔で速水を見つめ、一言一句に頷《うなず》いていた。

(確かにカリスマ性があるしな)

速水はテレビや動画で見るよりも、格段に魅力的だった。どう見ても人工的な美貌だが、そこにははにかむような笑みが乗ると不思議と好感度が増した。

話術も巧みで、聞いていてちっとも飽きない。総括すれば普遍的なことを云っているにすぎなかったが、笑いや体験談を交えた語り口には、彼を懐疑的な目で見ている佑《たすく》さえ、聴き入ってしまいそうになったくらいだ。

会場内に佳希《よしき》の姿はどこにもなかったけれど、速水本人を確認できたことは一歩前進と云っていいだろう。

「――では皆様、ごゆっくりお食事をお楽しみください」

司会者の言葉に、招待客たちは料理を取りに散っていく。速水の講演会は立食パーティの形式で行われており、このあとは参加者同士が親睦《しんぼく》を深める時間らしい。

（ここで聞き込みをするべきか？）

佳希も当初はこういった講演会に通っていたと聞いている。もしかしたら、顔見知りになった参加者もいるのではないだろうか。

しかし、身分を偽って潜入している立場としては、印象に残る行為は慎まなければならない。むしろ、今日は速水の行動のほうを注視すべきだろう。

今夜、このホテルの部屋を取っていなければ、このあとはどこかへ移動するはずだ。ホテルの見取り図は頭に入れておいたが、ファンが多く集まるホテルの正面玄関から車に乗るとは考えにくい。となると、地下駐車場から出る可能性が高い。

あとをつけるには、外の駐車場出口にタクシーを待たせておくのがいいだろうか。晴哉《はるちか》には真っ直ぐ帰れと云われているが、チャンスは逃したくない。

「あの、今日はお一人で来られたんですか？」

「――え？」

急に話しかけられたが、このあとのことを考え込んでいたせいで反応が遅れてしまった。慌てて表情を取り繕って振り返る。

「すみません、急に話しかけちゃって。男性招待客ってあんまりいないから嬉《うれ》しくて」

「い、いえ……」

声をかけてきたのは、新人ホストのような格好をした若い男性だった。二十代前半といったところだろうか。服装や髪型から、速水に憧れていることが見てとれる。

「あ、僕は山本《やまもと》っていいます」

「ええと、雨宮《あまみや》と申します」

差し出された手をおずおずと握る。偽名を名乗ろうかと思ったけれど、嘘がバレたときのほうが面倒だ。余計なことは語らず、名前だけを口にした。

「雨宮さんは初めて来られたんですよね?」

「そうですけど、俺、何か目立つようなことしてましたか⁉」

「いえ、男性は少ないので一度来てたらわかりますから」

山本の言葉に怪しい振る舞いをしていたと見咎《みとが》められたわけではないとわかり、ほっと胸を撫で下ろす。

「ああ、そういうことですか。本当は友人と一緒の予定だったんですが、都合が悪くなってしまって……」

急いで立ち去るとスタッフに怪しまれかねないし、招待客の印象にも残ってしまう。やむなく彼と会話を続けることにした。

「お友達は残念でしたね！　今日の斗眞《とうま》様のお話も本当に素晴らしかったのに」

「そ、そうですね」

「雨宮さんはそのお友達の紹介でいらしたんですか？」

「ええ、そうなんです。なかなか招待状が入手できなくて」

「わかります！　でも、知り合いが増えると当選しやすくなるんですよ。よかったら、僕の友人として登録しましょうか？」

ファンクラブのようなものがあって、皆それに登録しているとは聞いている。そうやって個人情報を集めているのだろう。

どう断ろうかと考えあぐねていたら、会場のどこかで黄色い声が上がった。何事かと振り返って様子を窺うと、速水が現れたのだとわかった。

「招待客と交流したりするんですね」

上手く話を逸らせたことにほっとする。速水の登場に助けられた。彼は近くにいる招待客に声をかけ、一緒に写真を撮ったりしている。

「スケジュールが押してないときは、ああしてお話しに来てくれるんです！　最近はすぐ帰られることが多かったのにラッキーですね！」

招待客たちはそわそわとした面持ちで速水に熱い視線を送っている。

（どうしよう……）

だが、何度も門前払いを食らい、話さえできなかった男がすぐそこにいる。

ここはダメ元で自分の身分を明かして、佳希について探りを入れるべきだろうか。

「……あの、速水さんとは全員話ができるんですか？」

「一言声をかけるくらいはできますよ。運がよければあんなふうに話ができることもあります。各テーブルを回ってくれるので――」

山本の言葉が途中で終わる。ぽかんと口を開けたまま、佑の背後を凝視していた。何に驚いているのかと振り返った佑は、状況を察した。

「君は初めましてだよね」

輝くような笑顔を向け、握手を求めてきたのは今日の主役である速水だった。追いかけていた男が目の前にいる。

「ど、どうも……」

「ずいぶん熱心に話を聞いてくれてたみたいで嬉しいな」

ステージを熱心に見つめていたのは、速水を取り巻くスタッフの顔を覚えるためだ。講演中の写真撮影は禁止されていて、残念ながら顔を記録することはできなかった。

メモを取るのも怪しまれると思い、記憶力に頼ることにした。暗記は比較的得意だ。

「こんなところまで来てくれるなんて光栄だな。君のことはよく聞いてるよ。弁護士さんなんだって？」

「！」

周りには聞こえないくらいの小声で囁かれた。ぎょっとして速水の顔を凝視すると、したり顔で微笑《ほほえ》まれた。

速水側に正体を見抜かれていたとわかり、背筋が震えた。受付でも名前は告げていない。つまり、佑の顔がわかるスタッフがいたか、写真を共有されているということだろう。

「雨宮さんだっけ？　招待状、よく手に入れられたね」

「……あなたとは一度話がしてみたかったので」

この様子なら、身元調査もされているだろう。こうなったら、開き直って訊きたいことをぶつけてしまうことにした。

「実は僕もなんだ。このあと、会場に残っててもらえるかな？」

「――わかりました」

速水にどんな思惑《おもわく》があるのかわからなかったが、佑は覚悟を決め、申し出を受け入れた。

招待客の退場が始まったとき、速水の側近の一人が来て控え室へと案内された。部屋にはメイク用の鏡台とカーテンのついたフィッティングブース、一組の応接セットが置かれている。

「どうぞお座りになってお待ちください」

能面のような表情でソファを勧められる。断れる雰囲気ではなく、大人しく腰を下ろした。コーヒーを出されたけれど、到底手をつける気にはなれない。

（本当についてきてよかったのかな……）

側近はドアの横で手を組み、門番よろしく立っている。危険を感じても、あそこからは簡単には逃げられないということだ。

「………」

鳴神《なるかみ》に連絡しておいたほうがいいだろうか。しかし、軽率すぎる行動だと叱《しか》られかねないし、いますぐ撤退しろと云われるに決まっている。ここまで来たのなら、何かしらの手がかりを摑んで帰りたい。

講演会に来ていることは晴哉が知っている。何かあったとしても、鳴神なら佑の足取りを追うことは可能だろう。

「お待たせ、やっと二人きりになれたね」

正確には三人だが、速水には側近はいてもいなくても同じようなものなのだろう。

藤崎 都　イラスト 睦月ムンク

霹《へき》靂《れき》と綺《き》羅《ら》星《ぼし》

新人弁護士は二度乱される

NOT FOR SALE

霹靂と綺羅星　新人弁護士は二度乱される

特別番外編　ヘヴンノウズ

「すみません！　鳴神という日本人の病室はどこですか？」

　空港からまっすぐ駆けつけた大きな病院の受付で、雨宮佑は辿々しい発音の英語で前のめりに問いかけた。

　異国の地で右も左もわからなかったけれど、外聞を気にしている余裕などいまは爪の先ほどすらもない。

「ナルカミ？　家族の方？」

「いえ、家族ではないんですが……」

　貫禄たっぷりな体格の年配の女性スタッフに無愛想に問い返され、やや怯む。

「個人情報ですから、家族以外には教えられません」

「家族ではないですが、恋……パートナーです！」

　自分たちの関係をどう説明すべきか迷い、途中で云い直した。左手の薬指には鳴神からもらった指輪がはまっている。

　日本ではまだ同性同士の結婚は認められていない。書類上の繋がりは何もないため、正式なパートナーとは云えないかもしれないが、佑の気持ちとしては家族同然だと思っている。

「皆さんそうおっしゃるんですけどね、結婚してるならともかく恋人じゃあねえ……」

「そこをなんとかお願いできませんか？　日本から来たんです！　責任者の方に訊いてみてもらえませんか？」

「訊いたって無駄ですよ」

「じゃあ、せめて病室の外からでも……！」

「規則は規則ですから」

　ペンの後ろで頭を掻きながらのにべもない返答に腹が立つ。他に話のわかるスタッフはいないだろうか。

　しかし、見回す限り彼女以外には誰もいない。いっそ強引に中に入って医師や看護師を捕まえたほうが早いだろうか。

「佑？　こんなところで何やってるんだ？」

　鳴神の安否を確認する手段をあれこれ考え

ていた佑の耳に、聞き覚えのある日本語が飛び込んできた。

まさかと思いながら振り返ったそこには、元気そうに立っている鳴神の姿があった。

「鳴神さん⁉」

我が目を疑い、手の甲で擦る。どうやら寝不足による幻覚ではないらしい。

「俺以外の何に見える」

「あ、あの、ベッドで寝てなくていいんですか……？」

どこからどう見ても怪我人ではないけれど、念のため確認する。

「いま退院の手続きをすませたところだ。お前こそいつこっちに来たんだ？」

「いや、その、鳴神さんが大怪我したって、大使館から連絡が来て、それで……」

緊急の連絡を受けたのは、新規の相談に来た依頼人を見送った直後のことだった。

それから取るものも取りあえず空港へ向かったというわけだ。

「ああ、そうか。緊急連絡先をお前にしておいたからな。大怪我をしたのは俺じゃなくて一緒に警備についてたやつのほうだよ。俺は念のために精密検査を受けただけだ。どこかで話が入れ替わったんだろうな」

「何だ……それならそうと……」

へなへなと体から力が抜けていく。これまで気を張っていたぶん、どっと疲れが出た。

――無事でよかった。

生死の境を彷徨っていたわけではないとわかり、心からの安堵のため息をつく。

「先に大使館に確認すりゃよかったのに」

「あっ、そうか……」

大使館に行き、職員と共に病院を訪ねればさっきのような門前払いを食らうことはなかっただろう。焦るばかりに冷静な判断ができなくなっていた。

「で、お前はわざわざ日本から半日かけて来たって？ 俺のために？」

鳴神から改めて確認され、じわじわと顔が熱くなってくる。

自分の早合点が恥ずかしいが、連絡を受けたときの佑は鳴神に会いに行くことしか考えられなかった。

「そうですよ！　死んじゃうかと思って、飛んできたんです！　そしたら、家族以外には何も教えられないって云われて、どうしようって……」

開き直って云い返す。心配をかけたことを少しは反省して欲しい。

鳴神はすぐに音信不通になるから、無事の確認のしようがないのだ。

「じゃあ、結婚するか」

「――は？」

メシでも食いに行くか、と云うときと同じ調子の言葉に面食らう。

（いま、何て云った？）

鳴神の顔を凝視するけれど、いつもと同じ表情をしている。

「家族になれば支障はないんだろう？　日本の現行法では認められていないが、パートナーシップ証明書ならもらえるだろ」

「それは申請できますけど……」

佑の自宅のある地域では、その制度が導入されている。婚姻制度の足下にも及ばないけれど、パートナーである証明にはなる。

家族になるには養子縁組をする方法もある。だが、親子になりたいわけではない。

「そうだ、せっかくだから式を挙げよう。この国ならドライブスルーで結婚式を挙げられるんだ」

鳴神は思いつきを口にすると、佑の手を摑んでぐいぐいと引いていく。

「結婚式⁉　ちょっと本気なんですか⁉」

「もちろんだ」

冗談を口にしたわけではないようだ。

「勢いでそんなことすると後悔しますよ」

「俺はしない。いま、この手を放すほうが後悔する」

「……っ」

きっぱりと云い切られ、反論の余地もない。

「鉄は熱いうちに打てって云うだろう？」

「それとこれとは――」

摑まれた手が火傷しそうに熱い。

この雷のような人から一生目が離せず、振り回されるのだろうと思うと、堪らず胸が熱くなった。

〈了〉

「いつもあんなふうに招待客を見送っているんですか？」

速水は招待客全員を握手をしながら見送っていた。全てを笑顔でこなす胆力には、感心する他ない。

「時間の許す限りね。せっかく時間を割《さ》いて僕に会いにきてくれてるみんなに感謝の気持ちを伝えたいし、彼らの言葉が僕のエネルギーにもなってるんだ」

薄っぺらい戯言《たわごと》に聞こえるが、ある意味真実ではある。人が多く集まれば集まるほど集金額は上がる上、〝商品〟の候補も増える。

「早速ですが、高尾《たかお》佳希さんという青年を知りませんか？」

先手必勝とばかりに切り出した。佑の身上調査をしているのなら、佳希の両親から依頼を受けていることも当然把握しているはずだ。

佳希のことをストレートにぶつけたときの速水の反応を見てみたかった。

「もちろん知ってるよ。以前は熱心に通ってくれていたからね」

「！」

まさか、こんなにもあっさり認めるとは思わなかった。

「……招待客は全員把握してるんですか？」

「全員とまでは云わないけど、よく来てくれる子は顔を覚えやすいから」

「佳希さんはあなたの熱心なファンなのですが、数ヵ月前に家を出てから行方不明なんです。どこにいるかご存じでは？」

「どうして僕にそれを訊くのかな？　けど、最近顔を見ないと思ってちょっと心配してたんだ」

白々しい答えに顔が引《ひ》き攣《つ》りかけたけれど、どうにか笑みを保つことができた。

「てっきり、あなたのところにいるのかと」

「どうして？」

「彼が友人に送った写真に、あなたの姿が写っていたので。彼とおつき合いしてるんですよね？」

瞳に映ったぼやけた姿だったということは黙っておく。

「僕が？　まさか！　一回りも下の未成年と交際するほど、分別のない男じゃないよ。でも、一回だけ部屋に招待したことはあるかな。そのときに撮った写真かもね」

「なるほど。では、いまはあなたの部屋にいるわけではないんですね」

「もちろん。彼の居場所がわかったらすぐ連絡するよ。君さえよければもっと詳しい話を聞かせてくれないかな？　協力できることがあるかもしれない」

「……本当ですか？」

「うん。ただ、ここはもう撤収しなくちゃいけないから、場所を変えてもいいかな？　そうだ、よかったら僕の部屋に来ない？　彼がいない証明もできるしね」

「――――」

罠《わな》かもしれないが、彼の懐に飛び込むチャンスでもある。反社会勢力が後ろ盾だとしても、弁護士相手にそうそう簡単に違法行為を働くことはないだろう。

「是非お邪魔させてください」

「そうこなくちゃ。長谷川《はせがわ》、あとは頼む。諸々《もろもろ》、手配しといてくれる？　車は自分で運転するから」

「かしこまりました」

長谷川と呼ばれた男を残し、速水は控え室をあとにする。佑はその背中を慌てて追いかけた。

「……彼はいいんですか？」

「夜のプライベートな時間まで見張られていたくはないからね。僕もそこまでハメを外すつもりはないし」

「ハメ？」

「雨宮先生、今日は素敵ですね。まるで見違えました。できることなら、僕の手で変身させてみたかったな」

「え？」

見違えたということは、普段の佑のことも知っているということだ。スタッフからどんな情報が彼の元に伝わっているのだろう。

（……本当にこのまま彼についていっていいのか？）

二度とないチャンスではあるけれど、それ以上にリスクが大きいようにも思える。

「⁉」

ぐるぐると思い悩んでいた佑は、不意に肩を摑まれ我に返った。

「どこに行くんだ、佑」

「鳴神さん……⁉」

速水に続いてエレベーターに踏み出そうとした瞬間、肩を抱いて引き寄せられた。

「悪いな。こいつは俺と先約があるんだ」

鳴神は速水に向《む》かってそう云い放つ。

「残念！　番犬に嗅《か》ぎつけられちゃったみたいだね。またの機会にね、雨宮先生」

速水は閉まりゆく扉の向こうから、ひらひらと手を振ってそう云った。

9

「ちょ、放してください……！」

「大人しくついてこい。何をしてるんだお前は！」

「鳴神《なるかみ》さんこそ、何であんなところに」

「あいつの講演会に向かうお前を見かけたからだ。あんな男についていこうとするなんて、何を考えてるんだ！」

　鳴神に引《ひ》き摺《ず》っていかれたのは、講演会が行われたホテルの一室だった。

　さっき羽織っていたジャケットが壁にかけられているところを見ると、鳴神が滞在している部屋のようだ。

（どうしてこんな部屋を取ってあるんだ）

　一泊数万するハイエンドのホテルを押さえているくせに、泊まる場所がないと云って佑《たすく》の家に居座っていた意味がわからない。

　そのとき、ラウンジで鳴神と同席していた女性の顔が脳裏を過《よぎ》った。彼女との逢瀬《おうせ》のためなら納得がいく。

そんな目的の部屋に、自分を説教するために連れ込んだのかと思ったら苛立ちが込み上げてきた。

「鳴神さんこそ俺の邪魔をしないでください！　手がかりを得られるチャンスだったんですよ!?」

「中途半端な気持ちで危険なところに足を突っ込むな。ついていってたら、何をされてたかわからないいんだぞ！」

「もう子供じゃないんですから、自分の身は自分で守れます」

鳴神の云うことは尤《もっと》もだ。佑自身も危険を感じていたし、あのままついていかなくてよかったと思ってもいる。だが、どうしても素直になれず意地を張って反論の言葉が口をついて出てしまう。

「だったら、俺を拒んでみろ」

「……ッ」

啖呵《たんか》を切った瞬間、胸を思い切り突き飛ばされスプリングの利いたダブルベッドに背中から倒れ込んだ。体を起こす間もなくのしかかられ両手を押さえ込まれた。

「自分の身は自分で守れるんだろう？　俺からも逃《のが》れられないくせに偉そうなことを云うな」

鳴神に本気を出されて敵う人間など、一般人にはほぼいないのではないだろうか。押さえつけられた手首はびくともしないが、彼が全力を出していないのはわかる。

「そうやって怖がらせれば、俺が泣き出すとでも思ってるんでしょう。もう二十七だってわかってます？　あなたこそ、俺を脅かすつもりなら本気でやったらどうですか？　そもそも、俺が何をされるっていうんですか」

「犯されるのは女だけじゃない。暴力を振るうやつらには歳も性別も美醜も関係ないんだぞ」

「万が一にも俺が犯されたって、それが何だっていうんですか。佳希《よしき》くんを救い出す足がかりになるならどうってことありません。どうせ、鳴神さんは俺を抱けないでしょ？　子供扱いしてる相手に勃《た》つわけが――ン⁉」

　押さえつけられたまま、噛《か》みつくように口づけられる。舌を捻《ね》じ込《こ》まれ、乱暴に口腔《こうこう》を掻き回された。

「……っ」

　一瞬だけ微《かす》かに鼻腔を擽《くすぐ》る香りがした。女物の香水だ。さっきの美女が纏《まと》っていた香りだと直感が囁く。何故かその瞬間、ぶわっと頭の中が煮え立った。

　芽生えた反抗心から、佑は自分から舌を絡《から》める。されるがままになっているつもりはない。一瞬、驚きに動きを止めた鳴神だったが、すぐに対抗してくる。

「んぅ、んんん、んー……っ」

舌が絡み合ううちに、どんどん下腹部に熱が集まってくる。

鳴神はあの美女をどんなふうに抱くのだろう。

いま佑にしているのと同じように口づけ、柔らかな体を弄《まさぐ》り、荒々しく犯すのだろうか。それとも、優しく宝物のように扱うのだろうか。

「ふは……っ」

唇を解放され、大きく空気を吸い込む。

「望みどおり抱いてやる。酷《ひど》い目に遭いたいんだろ？」

「鳴神さん――」

シャツを力任せに引っ張られ、ボタンが弾《はじ》け飛ぶ。煌々《こうこう》とした明かりの下で肌を晒《さら》されることに、強い羞恥《しゅうち》を覚える。

「これは桜小路《さくらこうじ》に着せられたのか？」

「え？」

「ずいぶんと可愛い格好をして。速水《はやみ》の気を引くためか？」

「……！」

乳首に鳴神の指先が触れる。これまで一度たりとも意識したことのない場所をいやらしく撫でられ息を呑む。擽ったさの中に奇妙なむず痒《がゆ》さが混じっている。

「気持ちいい？」

「そんなわけ――っあ！」

指の間に挟まれて抓《つね》り上げられ、喉の奥から声が出た。強弱をつけて捏《こ》ねられ、背筋がぞわぞわする。

鳴神の問いかけを否定したけれど、未知の感覚が込み上げてきていることは事実だ。迫《せ》り上がってくる感覚に膝《ひざ》を擦り合わせる。

「やめ、やだ、あ……っ」

そんなところで感じていることを認められず、鳴神の手をどかそうとしたけれど、呆気なく両手首をベッドに縫い止められてしまう。

「ひゃっ」

手足の自由を奪われたまま乳首を吸われ、上擦った声が出てしまった。

「痛っ、あ、あ、あっ……！」

不意に歯を立てられ、小さく叫ぶ。痛みを覚えた場所を執拗《しつよう》に舐《な》められると、蕩《とろ》けた声が出てしまう。そのまま舌の上で転がされ、濡れた音がする。

だんだん下着の中が苦しくなってきた。自分で触りたくて堪らないけれど、そんなことをすれば感じていることを認めてしまうことになる。それだけは嫌だった。

だけど、自分で認めようとしなくても、変化した体は正直だ。ウエストを緩められ、下着ごと引き下ろされると、すでに芯を持った性器が露わになった。

「……ッ」

みっともなく昂《たか》ぶった自身を隠そうとしたけれど、下肢に纏わりついたものを乱暴に全て取り去られ、足を左右に押し開かれた。

「もう濡れてるじゃないか」

「ダメ、や……っ」

足の間に腰を挟まれ、膝を閉じることを阻《はば》まれた。鳴神は自らのベルトの金具を外し、昂ぶった自身を引っ張り出す。

「……！」

一緒に風呂に入ったこともある。だが、興奮している状態のものを目にするのは初めてだった。佑に対して欲情している証拠だ。

ただの脅しではなく、本気で自分を抱く気があるのだと思い知る。その瞬間、言葉にならない昂揚感に包まれた。

(何だこの気持ち)

「あ……っ」

鳴神の屹立《きつりつ》が佑のそれと重ね合わされる。敏感な場所に触れた熱さと硬さに息を呑む。ドクドクという激しい脈動も伝わってきた。

（すごい――）

それは怖いくらいに凶暴に猛《たけ》っている。鳴神は大きな手でその二つをまとめて握り締め、乱暴に扱《しご》き始めた。

「あ、あ、あ、あ……！」

車の中で手でイカされたことも衝撃的な経験だったけれど、屹立同士が擦れる感覚は刺激が強すぎた。

激しい快感に頭の中が煮えたぎる。

快感が増せば増すほど、熱に浮かされていく。

扱く動きは速度を増し、指の締めつけもキツくなる。そうやって容赦なく高められ、二人ぶんの白濁が佑の腹部に散った。

「や、ア、あっあ、あ――」

佑は強制的に追い立てられ終わりを迎えた。頭の中が真っ白で、もう何も考えられない。

鳴神は解放感に包まれながら荒い呼吸を落ち着けていた佑の腹部から白濁を指で掬《すく》い、後ろを探ってきた。

「!?」

あらぬ場所に触れるぬるぬるとした感触に我に返る。あれで終わりではなかったのかと戸惑っているうちに、濡れた指が押し入ってきた。

「ぅン……っ」

容赦なく入り込んだ指が、乱暴に佑の体内を掻き回す。

男性同士の行為ではそこを使うのだと知ったばかりだ。想像もつかなかった生々しい感覚に怖くなる。

鳴神の指は佑の中で傍若無人《ぼうじゃくぶじん》に蠢《うごめ》いた。深い抜き差しを繰り返され、息も絶え絶えに喘《あえ》ぐことしかできない。

「あ、あ、あ……っ」

未知の感覚に心許なさを覚え、悲しいわけではないのに泣きたい気持ちになってくる。

気が遠くなってきた頃、唐突に指を引き抜かれて体を裏返された。

鳴神は本気で自身を佑の中に挿《い》れるつもりなのだ。

(どうしよう)

言葉にならない恐怖と名状しがたい感情が込み上げてきた。

「や……っ」

尻を鷲摑《わしづか》みにされ、左右に押し開かれる。戸惑いと混乱の中、佑は焼けた鉄のようなもので深く貫かれた。

「あ――」

侵入してきた異物は、そのまま奥まで沈み込んだ。佑の中に入ってきたのは、間違いなく鳴神の昂ぶりだ。

恐怖さえ覚えるほどの大きさの屹立を、散々掻き回された佑のそこは然《さ》したる抵抗もなく受け入れた。あまつさえ物欲しげに締めつけ、いやらしく小刻みにひくついている。

(熱い)

鳴神の怒張が根元まで入り込んでいる。それは焼け爛《ただ》れてしまいそうに熱く、うるさいくらいに力強く脈打っている。まるで体の中にもう一つ心臓があるみたいだった。

穿《うが》たれた昂ぶりは欲情の証《あかし》だ。内臓が迫り上がるような息苦しさがあるのは、あんな大きなものを呑み込まされているからだろう。

「うあっ、あ、あっ、あ……っ」

鳴神は佑の体を深く穿ったまま、揺さぶってくる。

内壁が擦れるたびにぞくぞくし、柔らかい粘膜が抉《えぐ》られるたびに悲鳴じみた声が出てしまう。熱くて痛くて苦しいのに、どうしようもなく気持ちがいい。

キツく穿たれるたびに、体を作り替えられていくような錯覚に陥る。

「あっ、ぁン、あ、あ」

鳴神は佑の腰を摑み、貫いたまま持ち上げた。そうして浮き上がった佑の体を、昂ぶった怒張で乱暴に掻き回す。

やがて突き上げは深い抜き差しに変わった。ぎりぎりまで退いたかと思うと、勢いよく中に突き入れられる。柔らかな内壁を抉るように繰り返し穿たれた。

「ああっ、あっ、あ――」

最奥を突かれるたびに、蕩けた声が零《こぼ》れ落ちる。激しく揺さぶられるほど、二人の体が一つに溶け合っていくような気がするのが不思議だ。

この瞬間だけは確かに佑だけを見ている――その事実に云いようのない安堵を覚えた。

(俺だけのものだ)

引き攣《ひ》れるような痛みと言葉にならないほどの快感と共に、佑は悦《よろこ》びを感じていた。どんな美女でも抱ける鳴神が、いまは自分を犯している。

「鳴神、さん……っ」

名前を呼んだ途端、このまま体がバラバラになってしまうのではないかと思うくらい律動は激しさを増した。

「あっ、あ、あ、んー……っ」

佑は再び上り詰め、それを追いかけるように鳴神も佑の中で終わりを迎えた。

体の奥に熱いものが注《そそ》ぎ込まれた。ずるりと異物が抜け出ていく。

屹立が引き抜かれたあと、佑はベッドの上でぐったりと体を弛緩《しかん》させた。快楽の余韻に満ちた体は喪失感にわななないている。

もう指一本持ち上げるのさえ辛いのに、湧《わ》き上がる欲望を抑えきれない。

もっと欲しい、もっと奪われたい――佑はどうにか体を返し、自らを陵辱《りょうじょく》した男に縋《すが》るような眼差しを向ける。

「佑」

名前を呼ぶ声には苦さが混じっている。

佑を抱いたことを鳴神は後悔しているのかもしれない。だが、その瞳にはまだ情欲の色が残っている。

「……鳴神さん」

佑は腕を伸ばして鳴神にしがみつく。お互い引き合うように口づけ合った。獣のように唇を貪《むさぼ》り合い、再び体を繋げる。

佑と鳴神はお互い無言のまま、激しく快感を求め合った。

10

「ちょっと待て。部屋まで送っていく」

真っ赤なスポーツカーから降りて足早に玄関へと向かう佑《たすく》を、鳴神《なるかみ》が慌てて追いかけてきた。

「一人で歩けます！　うわっ」

豪語した途端、小さな段差に躓《つまず》きバランスを崩す。

「ほら見たことか」

「……っ、誰のせいで……！」

「俺だろ？」

「〜〜〜っ」

堂々と云いきられると、反論も難しい。

「怒ってるのはわかっている。許してくれなくてもいいから頼ってくれ」

佑が夜明け早々にホテルをあとにしたのは、鳴神と二人きりの空間が耐えられなかったからだ。

始発に乗って帰るつもりだったが、何があるかわからないと強く引き留められ、やむなく鳴神に車で送ってもらうことになった。

「今日くらいそっとしておいてください！」

「佑」

鳴神の手を振り払い、玄関へ続く階段を上る。

（……昨日はどうかしてた）

家までの道のり、やけに座り心地のいいシートで居心地の悪さを感じながら、佑は反省の言葉を一人繰り返していた。

別に怒っているわけではない。ああいうことになったのは、佑にも非があるからだ。どちらかといえば、戸惑いのほうが大きい。

昨夜の行為は紛れもなくセックスだった。

感情の伴わない行為など握手と変わらない——そう思っていた。なのに、鳴神に触れられただけで、全身に電流が走り抜けたように感じてしまった。

皮膚に残る感触を思い出すだけで、体の奥が熱くなる。生まれて初めて知った快感は、佑にとっては麻薬のようなものだった。

口論の延長で始まった行為だったけれど、最終的には獣のように求め合ってしまった。

あんなに酷く乱れてしまったのは、鳴神が百戦錬磨のせいに違いない。だが、快感とは別の衝動も存在していたような気もする。

佑の無謀な行動に鳴神が苛立《いらだ》ちを覚えたのは確かだろうけれど、ああいう結果になったのは佑が煽《あお》ったせいもあるだろう。

(俺はどうしてあんなことを)

羞恥と後悔に叫びたい気持ちになる。無性に苛ついていたのは、鳴神のデートの現場を見てしまったからだ。

あまり認めたくはないけれど、鳴神に対して昔と同じような子供っぽい独占欲をいまでも抱いているのかもしれない。

(だからといって、セックスをねだるか普通?)

鳴神に抱かれたところで、彼が愛する女性と同等になれるわけではない。精々《せいぜい》、罪悪感を抱かせる程度のことだ。

「……ただいま」

「おかえり。なかなか帰ってこないから心配してたんだぞ」

自宅へ帰ると、シャワーを浴びたばかりの晴哉《はるちか》に出迎えられた。結局、実家には帰らず佑の家に戻っていたようだ。

「ハルこそこんな時間にシャワーなんて、何時に帰ってきたんだ?」

すっかり空は白んでいるけれど、六時を過ぎたばかりだ。早起きするタイプではないことを考えると、少し前に帰ってきたと推測できる。

「一時間くらい前かな？　友達から誘われてちょっと顔出すだけのつもりだったんだけど、はしごにつき合わされちゃって。昨日のスーツはどうしたの？」

「……クリーニングに出してある」

「飲み物でも零《こぼ》しちゃった？」

「まあ、そんなところ」

鳴神にシャツを引き裂かれ、吐き出した体液で汚れたスーツは眠っているうちにホテルのランドリーサービスに出されていた。

いま身につけているのは、鳴神の服だ。ぶかぶかのカーゴパンツをベルトで締めて裾《すそ》は折って調整してある。

「佑、財布を忘れてたぞ」

玄関から入ってきた鳴神の姿に、晴哉は一瞬表情を硬くした。佑と鳴神に交互に視線を向けたあと、唇の端を引き上げ笑顔になる。

「へえ、そういうこと？」

「な、何のことだよ」

思わせぶりな物云いにぎくりとする。

「同じシャンプーの匂いがする。この香り、昨日のホテルで使われてるアメニティのやつだ」

「お前んちのホテルならともかく、何でよそのホテルのシャンプーの香りまで把握してるんだ」

「デートでウチのホテルなんか使えると思う？　父さんたちに何もかも筒抜けだよ。披露宴の予定も決められかねない」

「普通、プライバシーは守られるだろ」

「僕以外のはね。ホテルでばったり会って、部屋を取ったって？　二人で朝帰りなんて、本当に油断ならないな。紳士に徹してた僕がバカみたいじゃないか」

「俺はあそこに部屋を取ってる。昨日は時間も遅かったから佑を泊めたんだ」

「ふーん。鳴神さん、あそこが定宿なんだ？」

「まあな」

「だったら、佑の家で寝泊まりしなくてもいいんじゃ？」

確かにそのとおりだ。どうしてわざわざ泊まりにくるのだろう。

「お前だって用もないのに入り浸ってるだろ」

「僕は親友だからね。でも、もう遠慮はしないことにした。これからは本気を出させてもらう」

「何云ってるんだ、ハル？」

「佑への愛を存分に主張させてもらうよ。あ、いまコーヒー淹れてたんだけど飲む？」

「もらおう」

返事をしたのは鳴神だった。

「僕は佑に訊いたんだけど」

当たり前のように上がった鳴神は、すたすたとリビングへと向かう。

「ほんと、鳴神さんって図々《ずうずう》しいよね」

「二人とも、やっぱり俺の家だってわかってないよな？」

もう云い聞かせるのは諦めた。二人とも最低限のプライバシーは侵してこないし、どちらかといえば便利なことも多い。

「で、どこまでいったの？」

「……っ」

リビングの手前で晴哉にこそっと耳元で訊《たず》ねられ、佑は小さく息を呑んだ。

体は重ねたけれど、あれはただの一夜の過ちだ。鳴神が呑まれたのが酒ではなく怒りだったにすぎない。

「朝帰りってことは、しちゃったんでしょ？　初めては僕が奪うつもりだったんだけどな」

「は？」

「冗談だって。そういうことはお互いの意思が大事だからね」

「……昨日は俺が速水《はやみ》についていこうとしたのを見つかって咎《とが》められただけだ」

「あいつに⁉　佑は本当に無茶するな。様子を窺うだけにしておけって云ったじゃないか」

「チャンスだと思ったんだよ」

「そうかもしれないけど、無茶はしないでよ。危険な目に遭わせたくて手伝ってるわけじゃないんだからな」

「……うん」

晴哉は心から心配してくれている。友達のありがたさを改めて噛み締めた。

（とりあえず、昨夜のことはどうにかごまかせたみたいでよかった……）

想《おも》いが通じ合っての行為なら、素直に晴哉に報告できたかもしれない。だけど、あれはただのものの弾みだ。

「おい、コーヒーはまだか？」

「僕、ウェイタージゃないんだけどなあ」

晴哉はぶつぶつ云いながら、コーヒーを三人ぶん用意した。

自分の居場所だとばかりにソファに陣取った鳴神はコーヒーを一口啜《すす》ったあと、思い出したかのように告げた。

「——云いそびれていたが、速水の部屋を特定した」

「本当ですか⁉」

「部屋の持ち主は別人だが、借り主は〈アフタービジョン〉の関連会社だ。都内にいくつか拠点があるようだが、佳希《よしき》はその部屋に匿《かくま》われているらしい」

「どうしてわかったんですか？」

「……ちょっとした伝手《つて》だ。蛇《じゃ》の道は蛇《へび》っていうだろ。詳しいことは知らないほうがいい」

言葉を濁すあたり、正当な手続きではないのだろう。

「しばらく張り込んではみたが、佳希が出てくる様子はなかった。関係者と思われる人間が食料品を届けているようだ。マンション内にスポーツジムやプールもあるから、中で暇が潰《つぶ》せるんだろう」

「速水の出入りは確認できましたか？」

「いや、機材をセットして七十二時間監視していたが、あいつの姿はなかったよ」

さすがに鳴神自身が常時見張っていたわけではないようだ。

「それじゃあ、昨日彼が俺を連れていくと云ってたのは、別の部屋だったたってことか……」

「目的地があいつの部屋かどうかも怪しいな。ああいう無謀な真似は二度とするな」

「もうその話はいいじゃないですか」

「いいわけないだろう。俺も大人げなかったが、そもそもお前が——」

「そういえば、鳴神さんは誰と会ってたんですか？」

わざとらしく晴哉が口を挟む。鳴神は一瞬、ばつの悪そうな表情になった。

「……見てたのか」

「あの人って恋び——」

「ハル！　コーヒーおかわり頼む！」

晴哉の言葉を遮《さえぎ》る。鳴神が美女と一緒にいたのを、佑たちが目撃したことは知られたくなかった。

彼女のことが気になっているのだとバレたら、鳴神に突っかかった理由にも気づかれてしまう。あれは広義で云えば嫉妬だったのだろう。

「あーええと、話は戻りますけど、佳希さんの居場所がわかったなら、あとは助け出すだけですね！」

できるだけホテルの話はしたくない。わざとらしすぎたかと思ったが、鳴神も会話に乗ってくれた。

「そうだな。問題なく連れ出せればいいが」

「確かに……。セキュリティのしっかりしたマンションに忍び込むのは難しいですよね」

鳴神なら難なく入り込めるかもしれないが、佳希を連れて出ることを考えると無茶はできない。

「建物に入り込むだけなら、それなりに方法はある。簡単なのは住人のふりをして、他の住人と一緒に入り込むことだが、コンシェルジュがいるからな。気づかれたらアウトだ」

「宅配やデリバリーを装うのはどうですか？」

「届け先の部屋に確認が行くだろうな。来客も申請しておく必要があるようだ」

「申請してあれば入れるってこと？」

コーヒーを淹れて戻った晴哉が口を挟む。

「そうだな」

「それじゃあ、僕が引っ越しでもしようかな」

いいアイデアを思いついたと云わんばかりに、晴哉はぽんと手を打った。

「え？」

「そのマンションに知り合いがいれば、大手《おおで》を振って入れるんだよね？」

11

「いらっしゃい！　僕の新居へようこそ」

「お、お邪魔します……」

佑《たすく》と鳴神《なるかみ》は、手土産を持って晴哉《はるちか》の新居を訪れた。引っ越し祝いとして持参したのは小ぶりのフラワーアレンジメントと包装紙で包まれた約三十センチ四方の箱だ。

今日は佳希《よしき》の救出作戦決行の日だ。週末のこの日を選んだのは、速水《はやみ》の予定がわかっているからだ。

テレビ出演のあと、写真集のサイン会が都内の書店で開催される。トークショーも同時開催らしく、夕方まではこちらに顔を出すことはないはずだ。

コンシェルジュに身分証を見せ、訪問予定者リストと照会されたあと、晴哉へと連絡が行き、ようやくエントランスを通過することができた。

「あれ？　今日はいい感じだな、佑。そんなジャケット持ってたっけ？」

晴哉に服装を褒められ、佑は渋面をつくる。

「これは兄貴のお下がり」

引っ越したばかりの友人を訪ねるという設定のため、ややよそ行きの私服を身につけている。コーディネートは鳴神だ。

普段どおりに自分で選んだ服を着ていたのだが、もっとマシな服があるだろうと云ってクローゼットを引っくり返された。奥にしまい込んでいた兄の服のほうが年相応だと云われ、無理やり着せられた。

「どこの大学生だって格好してたから着替えさせた」

「やっぱり、鳴神さんが選んだんだ。佑のセンスじゃないと思った」

晴哉が納得しているのが腹立たしい。

「どうせ俺はセンスが皆無ですよ」

「人間、誰しも得手不得手があるから気にしない気にしない」

ここは上辺《うわべ》だけでも、そんなことないよと慰める場面ではないだろうか。釈然としない気持ちを抱えながら、〝新居〟へと足を踏み入れた。

引っ越したばかりというわりに生活感のある室内なのは、本来の住人にそのまま部屋を借り受けたからだ。

ここの隣の部屋が〈アフタービジョン〉の関係先らしい。どういった方法で調べたかは教えてもらえないけれど、鳴神の情報網なら確かだろう。

「一晩過ごしてみて、隣の様子はどうだった？」

「ベランダから窺ってみたけど、話し声も聞こえてこないよ。このマンション、防音がしっかりしてるしね」

「ていうか、どうやってこの部屋を借りたんだ？」

晴哉はこともなげに思いつきを現実にしてしまったけれど、本来なら簡単なことではないはずだ。

「馴染《なじ》みの不動産屋に話をつけてもらっただけだよ。三日間だけの賃貸だから、民泊みたいなものかな」

こうもあっさり借りられたということは、提示したのは生易しい額ではないだろう。

友人である晴哉に金銭面で甘えるつもりはなかったが、結果的に迷惑をかけている。

「何か、色々ごめん。ここまで甘えるつもりはなかったんだけど……」

「別に気にしなくていいって。僕が新しい環境で曲作りをしたかっただけだから。お陰で一曲できたしね」

「新曲？」

「佑に捧《ささ》げる一曲だよ。完成を楽しみにしてて。他人の家で過ごすのも、刺激があって悪くないね」

「お前ら、世間話はそのへんでいいか？　引っ越し祝いを組み立て終わったぞ」

いつの間にか鳴神は包装紙を破り、中のものを取り出していた。組み立てていたのは、カメラつきの小型のドローンだ。

手元のタブレットでカメラが写したものがリアルタイムで見られるように設定する。

「飛ばすぞ」

「わ、すごい」

手の平サイズのドローンはふわりと浮き上がった。鳴神のコントロールで室内を縦横無尽に飛び回る。

「面白そう！　僕にもやらせて」

「これが終わったら好きにしろ」

「やった、ウチに持って帰ろ。名前何にしようかな」

晴哉はペットにするつもりのようだ。

鳴神は室内で試運転をしたあと、ベランダのガラス戸を開ける。空に浮いたのを確認すると、視線をタブレットの画面へと移した。まるでリアルなゲームのような感覚だ。

「画面をしっかり確認しておけよ」

「は、はい」

小型ドローンは、鳴神の操作でベランダのガラス戸から外に出る。マンションの外壁沿いに飛び、隣の部屋のガラス戸に近づいていく。

レースのカーテンがかかっているため、中の様子ははっきりとは見えない。だが、逆にドローンが近づいても向こうから気づかれることもなさそうだ。

「誰かいるみたいですね」

「手前のソファに一人いるな」

大きなモニターで何かを見ているようだ。

「あれが佳希くんでしょうか。もう一人いるみたいですね。男性かな？」

「きっと見張りじゃないかな。昨日の夜、柄の悪い男とすれ違った」

晴哉の報告にぎょっとする。彼の好奇心には、たまに冷や冷やさせられる。

「すれ違ったって、顔は見られてないだろうな？」

「大丈夫だよ、僕がどの部屋の住人かはわからなかっただろうし」

「それならいいけど……。あ、もう少し近づけますか？」

「ちょっと待ってろ」

タブレットの画面が、彼らの視界に入らない角度でガラス戸に寄っていく。モニターに流れているのは、古い映画のようだ。

「やっぱり、彼ですね」

佳希の姿は確認できた。あとは彼を隣の部屋から連れ出すだけだ。

前もって鳴神と話し合った作戦は、火災報知器を鳴らし、避難のために出てきたところに接触するというものだ。

「火災報知器の音で出てくるでしょうか？」

「誤作動だと思って無視されるかもしれないが、その場合は発煙筒を焚《た》けばいい」

実際に煙を目にすれば、危機感は煽られるだろう。しかし、その様子が防犯カメラに捉《とら》えられたら、こちらがお縄になってしまう。

「そんな物騒なことしなくても、普通に訪ねていけばいいと思うけど」

「何て云って訪ねるんだよ」

「引っ越しには、ご挨拶《あいさつ》がつきものでしょ」

そう云って、晴哉が取り出してきたのは蕎麦《そば》だった。


「すみませーん。隣に引っ越してきた山田《やまだ》という者です。ご挨拶に伺いました」

佑はドアの横のインターホンのボタンを押すと、てきとうな偽名を使い返答も待たずに声を張った。

居留守を使われる可能性もあるけれど、しつこく押していれば耐えきれずに出てくるはずだ。

晴哉が自分で挨拶に行くと云い張ったけれど、騒ぎになったときに巻き込みたくない。どうにか云い含めて先に帰し、佑が隣人のふりをすることになった。

「ご挨拶の品をお持ちしたので、よかったら受け取っていただけないでしょうか―？」

繰り返し呼び出しボタンを押していると、スピーカーがオンになった。苛立った声が聞こえてくる。

『しつこいぞ！　いま手が離せないんだ。ドアノブにかけておいてくれ』

「でも、生ものなんです。悪くなるのが心配なので、すぐ冷蔵庫に入れて欲しいんです」

『だったら持って帰ってくれ』

「そんなこと云わずに受け取っていただけませんか？　あの名店、蛯名《えびな》の手打ち蕎麦なんですよ。特別に分けてもらったものなので是非美味しく召し上がってもらいたいんです。できたら冷やして蕎麦の風味を味わっていただけたら――」

自棄《やけ》になって滔々《とうとう》とセールストークをしていたら『お蕎麦食べたい』という若い男性の声が聞こえてきた。マイクの部分を押さえたようで、くぐもった音しか聞こえてこなくなったけれど、何やら二人で云い合いをしているようだ。

『いま行くから、ちょっと待ってろ！』

苛立った様子でスピーカーを切られる。しばらくして、内側から錠が開く音がした。

「ほら、蕎麦だか何だか知らんがさっさと寄越していますぐ帰れ」

「出てきていただけてよかったです。ご挨拶のお蕎麦です」

「どーもな。じゃ――うっ」

ドアが閉じられる寸前、顔を出した男の首筋にドアの陰に隠れていた鳴神が鋭い手刀を叩き込んだ。男は呻《うめ》き声を上げてその場に頽《くずお》れる。

「上手く行きましたね」

晴哉の機転と鳴神の技量に助けられた。

「こいつ以外に見張りがいないといいけどな」

「それにしても、〈アフタービジョン〉の関係者っぽくないですね」

彼の出で立ちを見て呟《つぶや》く。だぶついた大きなサイズのTシャツにハーフパンツ。ごついシルバーのアクセサリーをいくつも身につけている。

「バックについてるとこから派遣された用心棒ってところだろ。お前はいまのうちに撤退しろ。こいつは俺がどうにかするから、早く佳希を連れてこい」

「そ、そうですね」

いつまでものんびりはしていられない。佳希を連れ出し、早々に撤退しなければ。

人の家に上がるのに、土足は気が引ける。鳴神に促された佑は、玄関で靴を脱いで部屋に上がり込んだ。

「……お邪魔します」

用心棒が他にはいないことを祈りながら、廊下を進んでいく。角部屋ということもあり、隣の部屋とは少し間取りが違っている。

(リビングはこの奥だよな)

先程、ドローンで確認したときは、リビングで映画か何かを見ていた。あれからさほど時間は経っていない。

静かにドアを開けると、ソファにもたれる佳希らしき後頭部が目に入った。

「お隣さん、どんな人だった？」

佑の気配を用心棒の男のものだと思っているようだ。

「佳希くん、だよね？」

「え？」

声が違うことに気づいた佳希は、驚いた様子で振り返った。

「な、何？　まさか強盗？　三島《みしま》さんは？」

いま休んでもらっている用心棒の彼は三島という名前らしい。

「彼なら俺の連れと、その、話をしてます。俺たちはご両親に頼まれて、あなたの行方を捜していたんです。俺は弁護士の雨宮《あまみや》と申します」

佳希は佑を警戒しつつも、いま告げた説明に納得がいった様子だった。

「なるほど、僕を連れ戻しに来たんですか……。親子ゲンカの仲裁に駆り出されるなんて、弁護士さんって意外に暇なんですね」

彼には事の深刻さがわかっていないようだ。

「それだけ、ご両親が心配してるということです。さあ、家に帰りましょう」

佑の言葉に、佳希はふいと顔を背けた。

「僕、帰る気はないから」

「え？」

「僕は僕の意志で速水さんと一緒にいるんです。父さんたちに反対されたって、彼とは絶対に別れません」

まさかこんなふうに駄々を捏《こ》ねられるとは思ってもみなかった。佳希はいまの生活を満喫しているらしい。

「あの、速水さんとは本当におつき合いしてるんですか？」

「疑うんですか？」

「いや、その——」

先日、速水が云っていたことと矛盾する。恐らく、速水の言葉に嘘はなかったと思われる。ただ、彼が佳希にわざと誤解をさせて上手く操っているということだろう。

（速水に欺《だま》されているって云っても信じないだろうな……）

ここにいてはいつか危険な目に遭うと説明したところで、反発を招くだけだろう。いまは何不自由ない生活を与えられている。

「とにかく、ここにいると危険なんです。彼が本当はどんな人間か、まったく気づいていないんですか？」

「彼は〈アフタービジョン〉の広告塔にされてるだけです！　本当は優しくて思《おも》い遣《や》りのある人なんです。どうして僕たちを無理に引き離そうとするんですか⁉」

「あなたの云いたいことはわかりました。ひとまず、ご両親に元気な顔を見せてあげませんか？」

「僕が元気だってことをあなたが伝えてください。弁護士《せんせい》の言葉なら信用するでしょ」

佳希はなかなかに頑固で手強《てごわ》い。恋する人間は一途だというけれど、まさにいまその状態のようだ。

「では、一旦帰ってご両親と話をしたあとに、またここに戻るというのはどうですか？」

「そんなことしたら、家から出してもらえなくなるに決まってる！　いいから帰ってください！　いますぐ出ていかないなら、警備員を呼びますよ」

セキュリティ会社への通報ボタンの前に立たれ、窮地に陥った。

（ど、どうしよう……）

ここまで抵抗されると、佑にはどうしようもない。いっそ両親と電話を繋いで説得してもらおうかと思ったが、余計に意固地になる可能性もある。

佑が苦戦していると、待ちきれなくなった鳴神が様子を窺いにきた。

「おい、佑。何をもたもたしてるんだ？　あいつらの仲間が来たら面倒だろう」

「いや、それがその、帰りたくないって……」

「あなたもこの人の仲間なんですか？」

「俺はお前の祖父《じい》さんから連れ戻すよう依頼を受けただけで、説得は仕事の範疇《はんちゅう》じゃない」

鳴神は大きなため息をついたあと、佳希の前につかつかと歩み寄る。

「な、何を……うぐッ」

佳希は呻き声を上げたあと、鳴神の腕の中に倒れ込んだ。彼はぐったりとして、ぴくりともしない。

「まさか、死──」

「人聞きの悪いことを云うな。死んではいない。当て身を食らわせただけだ」

「当て身って……」

救出対象を当て身で静かにさせるなんて、乱暴にもほどがある。

「このまま騒がれても困るだろ。説明はあとだ。こいつらが目を覚ます前に逃げるぞ」

軽々と佳希を抱き上げてその場をあとにする鳴神を、佑は慌てて追いかけた。

12

　鳴神《なるかみ》の運転する車は意識のない佳希《よしき》を後部座席に乗せ、高尾《たかお》家へと向かった。高速道路を経由し、辿《たど》り着《つ》いたのは閑静な住宅街だった。

「もしかしてここですか？」

　停車したのは、瓦屋根《かわらやね》の載った数寄屋門《すきやもん》の前だった。左右に続く塀の終わりは目を凝《こ》らさなければ見えてこない。

「約束のものを届けに来た。門を開けてくれ」

　鳴神が電話をすると、しばらくしてからゆっくりと門扉《もんぴ》が開く。遠隔操作で開閉できるようになっているのだろう。

　高尾家にはマンションを出たときに連絡してある。きっと、家族がいまかいまかと息子の帰りを待ちわびているに違いない。門を潜って進んだ先には、絵葉書さながらの日本庭園に旅館のような和風の家屋が佇んでいた。

（すごい家だな……）

高尾邸は派手ではないがどこまでも贅《ぜい》が尽くされていた。都内の一等地にこれだけの敷《しき》地《ち》を維持するには、相当の資産が必要だろう。

「ほら、家に着いたぞ」

鳴神はてきとうな広さのところに車を停めると、運転席を降りて後部座席で意識を失ったままだった佳希を揺さぶり起こした。

「う……ここは……？」

「お前の家だ」

「えっ、家？　あれ、ほんとだ？」

佳希は狐《きつね》につままれたかのような顔で車を降り、周辺の光景を確認していた。

「佳希！」

やがて、玄関から転がるように女性が飛び出してきた。未《いま》だ夢から覚めきらないような顔をしている佳希の元へ、涙ながらに駆け寄ってくる。

「無事でよかった……！」

「お母さん……」

感動の再会に、佑《たすく》の胸も詰まる。息子の身を心配し、さぞ胸を痛めていたに違いない。

（とにかく、無事に連れ帰れてよかった……）

正攻法ではないけれど、彼らの希望どおり息子を取り戻すことができたのだから、まずは喜ぶべきだ。

「どこも怪我《けが》してない？　ちゃんとご飯食べてた？」

「うん、ご飯は美味しかったし体も何ともない。ちょっとお腹が痛い気がするけど……」

腹部が痛いのは、鳴神が当て身をしたからだろう。余計なことは云うまいと口を噤む。

「ごめんなさいね、あなたの気持ちを考えずに頭ごなしに反対して。お母さん、いきなりだったからびっくりしちゃったの。好きな人のことをあんなふうに云われたら、誰だって嫌な気持ちになるわよね」

「お母さん……」

この様子なら、家族は和解できるのではないだろうか。互いを思えばこそ、キツい言葉が出てしまったのだろう。

だが、佳希を取り戻せたことは喜ばしいが、彼が目を覚ましてくれなければ元《もと》の木阿弥《もくあみ》だ。彼の意志で速水《はやみ》のところに戻ってしまえば、再び連れ戻すことは難しい。

「あの、大事な話があるので少しお時間いいですか？」

話すことが尽きない様子の母親と佳希に、そう切り出した。

高尾家の応接室に通してもらい、佳希と話をすることになった。デリケートな話題に及ぶため、両親や祖父には席を外してもらった。

「……まさか、速水さんがそんな……」

まったく危機感を覚えていなかった佳希だったが、〈アフタービジョン〉の裏の活動を説明したところ、自分の置かれていた状況をいくらかわかってくれたようだった。

本人が警戒心を抱いてくれなければ、どんなに家族が守ろうとしても危険を遠ざけることは難しい。

「もしかしたら、速水はバックについている団体にやむなく従っているだけかもしれない。そうだとしても、いま彼の元に戻るのは危険すぎるんだ」

間違いなく速水は自分の意志で悪事に手を染めている。だが、いまの佳希にそれを告げても受け入れてくれるとは思えない。

そのため敢えて彼の気持ちに寄り添いながら、説得を試みることにした。

「…………」

「雨宮《あまみや》先生の云うとおりだ。彼が望まぬ犯罪に手を染めているとしたら、余計に君は傍《そば》にいないほうがいい」

鳴神も佑の意図を察してくれたようで、話を合わせてくれる。

「どうしてですか？　僕なら速水さんの支えになれます」

「上から君を差し出せと云われたらどうなる？　断れば彼の立場が悪くなるし、従えば辛い思いをすることになるだろう。板挟みになる気持ちを考えてみろ」

「………………」

佳希は急に青い顔になった。

「どうしたの？　何か思い当たることでも――」

「い、いえ……」

「気になることがあったら、話してくれないか？　ここでの話は他言しないし、君の助けになれるかもしれない」

そう語りかけると、膝の上で拳を握りしめていた佳希はしばらくして口を開いた。

「――ある日、友達を持て成す手伝いをして欲しいと云われて、ホテルに連れていかれたんです。速水さんはよくパーティを開いていたので、給仕の手が足りないのかなって。でも、部屋には男の人一人しかいませんでした」

「――！」

すでに危惧《きぐ》していたことが起こっていたとわかり、血の気が引く。

「速水さんは用があると云ってどこかに行ってしまったので、二人きりになりました。違和感は覚えたんですが、そのまま二人で映画を見ることになって。彼も僕と同じように好きなことについて語りたいんだなって思って、新作を一緒に見てたんです。そうしたら、だんだん距離が近くなっていって……」

「肉体関係を求められた？」

「……はい」

佳希の口調が幾分鈍くなる。口にするには苦しいものもあるのだろう。

「辛い話なら省略してくれてもいいですよ」

「いえ、大丈夫です。そのときは少し体を触られましたが、具合が悪いと云って逃げることができましたから」

「それならよかった」

最悪の事態は免れたのだとわかり、ほっと胸を撫で下ろす。

「でも、ホテルから逃げ出そうとしたところで速水さんと出会って、襲われそうになったと訴えたらすごく怒ってくれたんですけど、いま思うとどこか不自然な気がして……あのとき、速水さんは僕をあの人に差し出そうとしてたんですね」

好きという気持ちで視野が狭くなっているかもしれないが、一つずつ違和感を除いていけば佳希の目も覚めていくはずだ。

「こんなこと訊くのも酷なんだけど、そのときの相手が誰だったかわかる？」

「田中《たなか》と名乗っていましたが、偽名だと思います。身なりはよかったし、僕には優しかったですが、人に命令し慣れてる雰囲気がありましたね」

田中と名乗った男は、恐らくそれなりの地位にある人間だ。佳希は〝贈りもの〟として提供されることになっていたのだろう。もしも、佳希もその一人になっていたら、彼の救出は簡単にはいかなかったはずだ。

「話は戻るけど、速水との出逢いのきっかけは何だったの？」

「友人に誘われた映画同好会です。僕はマイナーな映画が好きなんですけど、それまで語り合える友達がほとんどいなかったから舞い上がってしまって」

気持ちは理解できる。好きなことを語り合える喜びは何にも代えがたいものだ。

きっと、佳希もターゲットになり、趣味嗜好《しこう》を調べ上げられた上で近づかれたのだろう。

カルトは人の好意や善意を利用する。欺《だま》され、利用された被害者は、目が覚めたあとも罪悪感や自責の念に駆られるのだ。

「速水さんがすごくよくしてくれて、映画の試写会だとか撮影の打ち上げだとか色んなところに連れていってくれるようになったんです。そのうちに小さな頼みごとをされるようになって、僕も速水さんに恩がありますから、彼の役に立てるならと……」

「洗脳の第一歩だな」

鳴神が小声で吐き捨てるように云う。人と親しくなるテクニックに、相手が負担に思わない程度の頼みごとをするという方法がある。

一般的に頼みごとをするのは、信頼している相手だけだ。それを逆説的に利用し、信頼されているという錯覚を植えつけ、取り込んでいったのだろう。

「外部との連絡は取らせてもらえてた？」

「あ、はい。友達と連絡を取り合っていましたし。あ、でも、一緒に食事してたときにスマホを弄《いじ》ってたら注意されて。二人でいるときは失礼だから預かるって云われたんですけど、結局返してもらえてなくて。きっと忘れてるだけだと思いますけど……」

警戒心を抱かせず、上手く連絡手段を取り上げたものだ。きっと速水は故意にスマホを返さずにいるのだろう。

「……速水さんは逮捕されてしまうんでしょうか」

「それは俺には何とも云えないな」

できることなら逮捕されて欲しいけれど、佳希は逆の願いを抱いているのだろう。

しばらく思い詰めた顔をしていた佳希だが、がばっと顔を上げた。

「あの！　速水さんを助けることはできませんか？」

「え？」

「〈アフタービジョン〉の悪事が暴かれれば、速水さんも自由になれると思うんです。一旦は逮捕されても、利用されてるってわかれば無罪になるはずですから！　そのために僕に何かできることはないですか？」

佳希の純粋な気持ちに胸が痛む。そして、こんな真っ直ぐな青年を欺し、利用しようとしていた速水たちに、さらなる怒りを覚えた。

「……そうだな。黒幕が誰なのかわかれば、警察も動くことができるかもしれない。誰か名前がわかる関係者はいる？」

「名前はわかりませんけど、写真ならありますよ。何人かと記念写真とか撮りましたし」

さらりと告げられた言葉に目を瞠《みは》る。

「え、でも、スマホは速水が預かってるって」

「預ける前に撮ったやつがクラウドに上がってるはずなので。あとで調べて写真お送りしますね」

「それは助かる」

きっと速水にしても盲点だろう。写真があればメンバーの特定に役に立つし、警察にも訴えやすい。

「色々聞かせてくれてありがとう。本当に助かったよ」

「速水さんのこと、くれぐれもよろしくお願いします」

「……うん」

罪悪感を覚えながら、頷いて見せた。

13

「……それにしても、最悪の事態にならなくてよかったですね」

被害者当人の体験談は生々しい。佳希《よしき》の機転が利いたから上手く逃げることができたが、タイミングが悪ければ最悪の事態になっていた可能性が高い。

「あ、本当に無事でよかった。相手が悪かったら、逃げることさえ難しかっただろうな」

「そうなってた場合、速水《はやみ》は彼をどうするつもりだったんでしょうか。それまでどおり、恋人のふりなんてできませんよね？」

「手込めにできれば写真や動画を撮って脅すことができるだろ。動画は売り物になるしな」

「そんな……」

良心がなければ、若者を食い物にすることなど容易《たやす》い。自分には思い至らない悪意が、この世の中にはあるのだと知らされ背筋が震えた。

「だが、彼は無事取り戻せたし、俺たちの話を信じてくれただろう。あとは速水からの再接触がなければ心配することはない。被害届を出してくれれば話は簡単なんだがな。そのへんはお前の仕事だろ？」

「彼らにその意思があればいいんですが、その話は後日改めてということになりました」

警察が動かないとしても、被害を訴えたという事実は残る。彼らもそんな面倒な相手に、もう一度連絡を取ろうとは思わないだろう。

「日和《ひよ》らないでくれるといいけどな。どうした？　まだ何か心配ごとがあるのか？」

「説得するためとは云え、嘘をついてしまいました」

母のような公明正大な弁護士になることが、佑《たすく》の目標だ。だが、佳希を説き伏せるために思ってもいないことを口にしてしまった。

「速水も利用されてるかもしれないってやつか？　あれは嘘も方便ってやつだし、速水が利用されている面があるのは事実だろ」

「そうかもしれないですけど……」

「佳希が納得してくれなかったら、もっと泥沼にハマり込んでたはずだ。あとは家族の問題だ」

佳希の家出は、速水との関係よりも恋愛対象が同性であることを否定されたショックによるものが大きいように思えた。母親は頭ごなしに反対したことを反省しているようだった。あの様子なら、お互いに歩み寄ることもできるだろう。

「──でも、彼のように囲い込まれてる子が他にもいるんですよね……」

「だろうな」

「どうにかできませんか？　もっと調査をして証拠を集めれば、警察だって──」

「高望みをするな」

ぴしゃりと鳴神《なるかみ》に釘《くぎ》を刺され、ぐっと言葉に詰まる。

「人身売買の証拠と顧客名簿があれば警察も動かざるを得なくなるだろうが、俺たち一個人が手を出せる範疇《はんちゅう》じゃない」

「それはわかってますけど……」

「ああいう組織はいつか自滅する。長続きするはずがない」

そうだとしても、それまでの間にどれだけの若者が毒牙《どくが》にかかるだろう。

悔しさに歯噛《はが》みし黙り込んでいると、鳴神のスマホが鳴った。

その画面を何気ない感じで確認した瞬間、彼は気まずそうな表情を浮かべた。ちらりと覗《のぞ》き込んだそこには〝北條雅《ほうじょうみやび》〟という名前が表示されていた。

（あの女の人だ……）

説明を求めるまでもなく、ピンと来た。この間、ホテルのラウンジで鳴神と一緒にいた女性だろう。

「はい、鳴神です」

鳴神は車を路肩に停めると、佑の視線を気にしながら電話に出た。

「……いまからですか」

会話の内容はわからないけれど、鳴神が相手に頭が上がらない様子なのは見てとれる。下手をすれば横柄にも見られかねない自信家の彼がこれほどまでに気を遣うところは初めて見た。

「わかりました、すぐに行きます。——すまない、佑。行くところができた。ここから一人で帰れるか?」

鳴神はここで佑を降ろし、そのまま彼女に会いに行くようだ。自分よりもあの人を優先するのか——そう思った瞬間、胸が冷えた。

(俺は何を考えてるんだ……?)

じわじわと胸に不快感が込み上げてくる。焦燥感に似た苛立ちに支配されていく自分に戸惑いを覚えた。

喉の奥に何か閊《つか》えているかのような違和感を吞み込み、努めて明るい口調で返した。

「鳴神さん、俺をいくつだと思ってるんですか?」

「駅まで送るから、タクシーを使え。絶対に徒歩で帰るなよ。桜小路《さくらこうじ》に迎えに来させたほうが安心か?」

「心配しなくても、ちゃんと一人で帰れます」

シートベルトを外し、さっさと助手席から降りる。ドアを閉めるときにやや乱暴になってしまったが、癇癪《かんしゃく》で物に当たってしまった自分が信じられなかった。

「いいか？　絶対にタクシーで帰るんだぞ」

鳴神はパワーウィンドウを開け、そう念を押してくる。佑は振り返ることなく、駅の中へと向かっていった。

最寄り駅の自動改札を抜けようとして、フラップドアに阻まれる。ＩＣカードの残高が足りなくなっていたようだ。

「くそ」

小さく悪態をついて、券売機のところまで引き返す。苛ついているときは何事も上手くいかない。そうとわかっていても、気持ちの切り替えは難しかった。

鳴神の指示に従わず、電車を乗り継ぎ、駅から徒歩で帰ることにしたのは一種の意趣返しもあったかもしれないが、それ以上に気持ちを整理したかったからだ。

裁判で敗訴したときも、電車を乗り継ぎ人々の日常を見ていると、腐らないで頑張ろうと思えるのだ。だが、今日は一向に気持ちが晴れることはなく、残してきた鳴神のことばかりが気になってしまう。

（何をこんなに苛ついてるんだ？　子供扱いされたからか？）

佳希を無事助け出し、家族の元へ帰すことができたというのに、佑の心の内はどんよりとしていた。

佳希を家族に引き渡したことで、まずは一区切りついた。

被害届を出すかどうかは彼ら次第だが、再び狙われないようにするためには手続きをしておくべきだという話はしておいた。速水を訴えることは佳希が渋っていたけれど、いまごろ家族が説得してくれていることだろう。

自宅最寄りのスーパーマーケットで買い物をしてから帰途につく。今夜は鳴神が戻ってくることはないだろうが、晴哉《はるちか》は顔を出すはずだ。

今日の作戦が上手くいったのは、晴哉の尽力にもよるものだ。ささやかでも労《ねぎら》うために、彼の好物を作ることにした。

「……ん？」

角を曲がって顔を上げた佑は、自宅の前にスモーク硝子《ガラス》で覆われた黒いバンが停まっていることに気がついた。どこからどう見ても、不審としか云いようがない。

警戒しながら近づいていくと、バンから黒い服の男たちが降りてきた。

「雨宮《あまみや》先生ですよね？」

「何なんだ、お前ら」

　恐らく、〈アフタービジョン〉の関係者だ。佳希を連れ出されたことに気づき、佑を脅しに来たのだろう。鳴神の懸念が当たってしまったことに歯噛みする。

「大事なお話があるので、一緒に来てもらえますか？」

話しかけてきているのは、物腰の柔らかい青年だ。口調は丁寧だけれど、断られることは想定していないのがその態度から伝わってくる。

「生憎《あいにく》、スケジュールが詰まっているので、出直してください」

こういうとき、怯《おび》えた態度を取るのはつけ込まれる隙になる。毅然《きぜん》と云い返すけれど、彼らも大人しく引き下がる気はないようだ。

「そういうわけにはいかないんですよ。こちらにもメンツってものがありますんで」

「あなたがたのメンツなんて私には関係のないことですから。そこをどいてください」

佑は男を押しのけて、玄関に続く階段を上ろうとした。

「仕方がないな。少々強引な手段を執《と》らせていただきますね」

「……っ!?」

身構えた瞬間、男たちに羽交《はが》い締めにされた。叫ぼうとした口元に布のようなものを押し当てられ、反射的に大きく息を吸ってしまっていた。

（しまった……！）

鼻をつく薬品臭に、何らかの薬物を吸わされたとわかる。佑の意識は急激に霞《かす》み始めた。

「放せ……っ」

遮二無二《しゃにむに》暴れて男を突き飛ばしたが、すでにまともには歩けなくなっていた。数歩逃げたところで膝に力が入らなくなり、前のめりにへたり込んでしまう。

「気をつけてくださいよ。怪我でもしたら大変じゃないですか。傷一つつけないよう、指示されてるんですからね」

「傷……？」

傷害罪を気にしているのだろうか。だが、薬品を嗅がせて意識を奪おうとしている以上、掠り傷など些末《さまつ》な問題のはずだ。

激しい目眩《めまい》で思考がまとまらない。横から抱えられ、佑の体は宙に浮いた。

「おやすみなさい、雨宮先生」

佑の視界に最後に映ったのは、にこやかな表情を浮かべた青年の、一切笑っていない瞳だった。

14

「……気持ち悪い……」

目を覚ました瞬間、二日酔いのような不快感に襲われる。全身が重怠《おもだる》く、喉も異様に渇いている。

(昨日、どうしたんだっけ……？)

冷たい水を飲み、熱いシャワーでも浴びてこよう。そう思って起き上がろうとしたけれど、何かに首を引っ張られてベッドに引き戻された。

「……っ⁉」

思わず喉元に手をやると、何かが巻きついていた。指先の感覚を頼りに探り、金具のついた革のバンドのようなものだとわかる。

まるで犬の首輪ではないか——そう気づいた瞬間、背筋が震えた。

(——思い出した)

昨日、高尾《たかお》家から帰った佑《たすく》を自宅の前で待ち構えていたのは、〈アフタービジョン〉の関係者らしき男たちだった。

何かしらの薬を嗅がされ、意識を失った。あのあと、ここへと連れてこられたのだろう。どうやら、佑は彼らに監禁されたようだ。

気分が悪いのは、あの口に当てられて吸わされたもののせいだろう。

「そもそも、ここはどこなんだ……？」

八畳ほどの広さで、中央には佑が寝かされているベッドが置かれている。ツルツルした手触りのベッドカバーはシルクだろうか。見たところ扉は二つ。外の様子を確認したかったけれど、嵌《は》め殺しの小窓は磨《す》りガラスになっていた。

壁にはグロテスクな道具がいくつもかかっており、ドラマや映画で見たような光景だった。趣味の悪いラブホテルといった内装だ。

（ラブホテルに行ったことはないけど……）

恐らくSMプレイに興じるための部屋で、佑を拘束しているのは本来はそのための道具なのだろう。

ただ、佳希《よしき》を奪還された仕返しと考えると、監禁という方法を選んだ理由がわからない。直接暴力で痛めつけたほうが早いと思うのだが。

（いまは余計なことを考えてる場合じゃない。逃げ出さないと）

彼らに何をされるか、わかったものではない。

改めて、首に巻かれたものの全体に触れてみる。さらにリードのようなものが伸びていて、ベッドボードのフックに繋がっていることが判明した。

さっきベッドに引き戻されたように感じたのは、勢いよく起き上がったせいでこのリードが張り詰めたせいだったのだ。外せないかと手で探ったけれど、金具の部分に南京錠《なんきんじょう》がつけられているのがわかった。

「くそ、鍵がないと外せないな」

さすがに針金などで解錠できるような技術は持っていない。何か硬いものがあれば、リードを切ることはできそうだ。

「……ていうか、何だこの格好⁉」

何気なく自分の体を見下ろした佑は、その姿にぎょっとする。いま身につけているのは、女物の襦袢《じゅばん》のようだった。

その上、自分の体からいままで嗅いだことのない甘い香りが立ち上っている。

「何か塗ってあるのか……？」

腕に鼻を近づけて嗅いでみると、匂いが強まった。その上、妙に体がさっぱりしている気もする。もしかしたら、意識のない間に体を洗われたのかもしれない。

それだけでなく、あらぬ場所にも違和感がある。どうやら体の隅々までオイルを塗り込まれているようだ。

「――俺は〝商品〟なのか」

思い至った可能性に、佑は愕然《がくぜん》として呟いた。認めたくはないが、そうとしか思えない状況だ。客にすぐ提供できるよう、準備がしてあるということだろう。

売られる前に、ここから逃げ出さなければ。まずはこの拘束をどうにかしなくてはならない。南京錠が外せないのなら、そこから伸びたリードのほうを切ればいい。

ベッドの角などで擦れば摩耗して千切れるのではないだろうか。硬い部分を探して動ける範囲を探っていたら、背後でドアの開く音がした。

「さすがに往生際《おうじょうぎわ》が悪いね、雨宮《あまみや》先生」

「速水《はやみ》……！」

グレーのスーツに身を包んだ速水は、黒いスーツの男たちを引き連れていた。その中には自宅の前で佑を待っていた男もいる。

「薬が効きすぎたかなって心配してたんだけど、元気そうでよかったよ。ウチのお客様たちは大人しいお人形より、活《い》きのいいタイプをお好みだからね」

「……俺を客に『売る』つもりなのか？」

「雨宮先生は物わかりがよくて助かるな。君が佳希を逃がしてくれたお陰で、こっちの計画は台無しなんだ」

「計画？」

「あの子には買い手がついてたんだよ。せっかく、上手く教育できそうだったのに。君には責任を取ってもらわないとね」

「ふざけたことを――人身売買は犯罪だ」

怒鳴りつけたい気持ちを抑えて警告する。こんな不利な状況で取り乱しても、佑に利はない。

「もちろん、そんなことわかってるよ。だから、上手く掻《か》い潜《くぐ》ってるんじゃないか。あんなに僕たちのことを嗅ぎ回ってた君たちだって、この船のことはわからなかっただろう?」

「船……?」

「ホテルか何かだと思った? ここはね、海の上なんだ。部屋から逃げ出したところで、他に行く場所なんてないからね」

「なっ……」

もしかして、気分が悪いのは船酔いもあったのだろうか。目を覚ましたばかりで気づかなかったけれど、云われてみれば揺れている気がする。

「人間の欲望は果てしないよね。豊かになればなるほど、欲しいものが増えていくんだから。需要には供給で応《こた》えたい――それが僕たちのモットーだよ」

「何がモットーだ。ただの金儲《かねもう》けのくせに」

「それの何が悪いのかな？　みんな、食べていくお金を稼ぐために身を粉《こ》にして働いてるんじゃないか」

「多くの人はそのために人を傷つけたりはしない！」

「僕たちの活動だって、win－win だよ？　買うほうも買われるほうも喜んでる」

「喜んでるわけがないだろう！」

「雨宮先生は調教された子たちを見たことがないから、そんなふうに思うんだろうね。ご主人様に尽くす幸せそうな様子を今度見せてあげるよ」

「調教――」

　被害者たちの置かれた状況を想像し、血の気が引いていく。佳希を助け出せてよかったと胸を撫《な》で下ろすと同時に、自らの先行きに不安が込み上げてくる。

　どんなことをされても屈するつもりはない。だが、常識の通用しない彼らの手口は、世間知らずな佑には想像もつかなかった。

「ひとまず彼の損失を埋める必要があるんだ。君にはその穴埋めをしてもらうってわけ」

「俺をあの子の代わりに出品するって？　俺なんか売りに出したって、誰も買うわけないだろ」

「自分自身の価値をわかってないな。服装のセンスは最悪だけど、顔も体も一級品だ。磨けば光る原石だよ。若さだけが売りじゃない」

どこまでが本音かどうかはわからないが、佑にそれなりの値段をつける気でいるようだ。

「センスがなくて悪かったな」

「いやいや、先生が擦《す》れてないのはそのお陰だよ。僕はね、君のことは気に入ってるんだ。できることなら自分で買い上げたいところだけど、残念ながら関係者はオークションには参加できない決まりになっててね」

「それはいいニュースだな。お前に買われるなんてクソ食らえだ」

「じゃあ、悪いニュースを教えてあげる。僕にも商品の確認をするくらいの権利はあるんだよね。準備はしてあるか？」

後ろに控えていた男たちが前に出てくる。

「もちろんです」

「じゃあ、しっかり押さえてて」

「かしこまりました」

「な、何するんだ！」

男たちは速水の指示で佑の両足を掴むと、二人がかりで俯《うつぶ》せに押さえつけた。

「やめっ、放せ……っ」

「抱きはしないよ。具合を確かめさせてもらうだけだから」

速水はそう云いながら、襦袢の裾《すそ》を捲《まく》り上げる。太股《ふともも》を撫で上げられ、背筋を悪寒が走り抜けた。

「……ッ」

速水の手の感触に思わず息を呑む。抱きはしないと云っていたけれど、性的なニュアンスを感じるからだろう。

好きではない相手から、欲望の対象として見られることがこんなにも不快だということを改めて実感する。

粟立《あわだ》つ肌に子供の頃、変質者につきまとわれたときの恐怖と心細さが蘇《よみがえ》ってきた。

（鳴神《なるかみ》さん――）

無意識に、彼の顔が脳裏に浮かぶ。

（どうして、あの人のことを思い出すんだ）

頼りになるから？　兄のような存在だから？　そう自問して、ようやく気づく。

（……違う。俺はあの人が好きなんだ）

こんな状況で自分の気持ちを認めるのは業腹《ごうはら》だが、この気持ちはそうとしか云えない。

下着をずらされたあと、尻の狭間《はざま》に異物を感じた。指で探られてるとわかった瞬間、ぐっと中に押し込まれる。

「う……っ」

オイルの滑りで痛みはなかったけれど、猛烈な違和感に吐き気がした。速水は佑の体内を指で探る。鳴神に触れられたときは怖いくらいに感じてしまったのに、いまは不快感と嫌悪感しかない。

(――嫌だ)

彼以外の誰かに抱かれるなんて死んだほうがマシだ。どんなに乱暴な目に遭ったとしても、大人しく受け入れるつもりはない。

死ぬ覚悟があれば何だってできると自分を鼓舞する。

「くそっ、放せ！　やめろって云ってるだろ！」

「大人しくしろ！」

「誰がお前の好きにさせるか！　これ以上触れてみろ！　舌を噛み切ってやる！」

佑の脅し文句に男たちが怯《ひる》む。佑が考える以上に、商品の扱いはデリケートらしい。

渾身《こんしん》の力で手足を動かし、自分を押さえ込んでいた男たちをはねのける。そうして、足を引き抜くと、速水に蹴《け》りを食らわせた。

「おっと……思った以上に活きがいいね」

速水は反射的に体を引いたため、さほどダメージを与えることはできなかった。再び押さえ込もうとする男たちを、手足を遮二無二動かして遠ざける。

彼らが距離を取った隙に体勢を立て直し、リードの伸びる範囲で臨戦態勢を取った。

「君は本当に往生際が悪いね。やれやれ、無理をさせて傷がついても困るな」

速水は激しく抵抗する佑に手を出すのを諦めたらしい。

「この様子じゃ何をするかわからないな。時間まで眠らせておけ」

指示を受けた部下の一人がリードを強く引き、背後から佑を抱え込む。一瞬のうちに口元に布を押し当てられ、また薬品を嗅がされる。

「絶対に……俺は、大人しくなんて、しない、からな……」

佑は呂律《ろれつ》の回らない口調でそう宣言したけれど、再び意識を失ってしまった。

15

(眩《まぶ》しい……？)

夏の日差しのような強い光に、意識が覚醒《かくせい》する。頭がまだぼうっとしているのは、吸わされた薬物のせいだろうか。少しずつ瞼《まぶた》を持ち上げ、目を明るさに慣らしていく。

何度も瞬《まばた》きを繰り返したお陰で、周囲の様子が見えてきた。目の前には鉄格子があり、その向こうには豪奢《ごうしゃ》なシャンデリアが下がっていた。

体を起こそうとすると、床が大きく揺れた。

「!?」

いや、揺れたのは床ではない。佑《たすく》が寝かされていたのは、天井からぶら下げられた金属製の大きな鳥籠《とりかご》だった。

(何だこれ……)

佑が動けば鳥籠が揺れ、天井に伸びる鎖がガシャガシャと音を立てる。思わず鉄格子にしがみつこうとしたけれど、手を背中側で拘束されているせいでバランスを崩し、白いクッションの上に倒れ込んでしまった。

その瞬間、大勢の笑い声が響く。よくよく眼下を見てみると、着飾った大勢の男女がその場を埋め尽くしていた。タキシードやパーティスーツ、カクテルドレスなどで華やかに装った客たちは、舐《な》めるような目つきで佑を見ている。

(何なんだ、ここは……)

お互いに囁《ささや》き合って会話をしているようで静かなざわめきしか聞こえてこないけれど、異様な興奮が満ちていることが伝わってくる。

彼らが皆仮面をつけているのは、匿名性を保つためだろうか。その異様な光景に、皮膚が粟立《あわだ》った。

「おや、囚《とら》われの小鳥がやっと目を覚ましたようです。お待たせしました！　彼が最後の出品です！」

マイク越しの速水《はやみ》の声が響き渡る。その内容から、これから自分が売りに出されるのだということを思い知った。さっきの言葉はただの脅し文句ではなかったのだ。

「んんー！」

ふざけるなと大声を出そうとしたけれど、くぐもった声しか出てこない。佑が騒ぐであろうことを予測していたのか、口枷《くちかせ》が嵌《は》められていた。

体に生地が纏《まと》わりつく感触が鬱陶《うっとう》しい。さっきの襦袢《じゅばん》を着せられたままだということに気がついた。

体に残る感触から察するに、あれ以上のことはされていないらしい。内心、胸を撫《な》で下ろしつつも、このあとのことを想像すると安心はしていられなかった。

「陶器のような肌。成人男子でこれほどの品はなかなか出てこないでしょう。少々気が荒いのが難ですが、暴れ馬タイプを調教するのがお好きな人にはお勧めです」

ただの人身売買ではなく、オークションだということがわかった。自分が売り物として値踏みされているという事実に寒気が走る。

「さあ、我こそはという方は名乗りを上げてください。まずは百万から」

速水の合図で、客席側にもライトが当てられる。佑からも彼らの上げる番号札が見えるようになった。

「百万」

「五百万円」

「五百五十万！」

「七百！」

一斉に番号札が上げられ、口々に値をつけていく。大半が冷やかしのような雰囲気だったが、その中の二人には本気の色が見えた。

「九百万円」

「一千万！」

みるみるうちに金額がつり上がっていく。一千万の大台に乗った瞬間、場内はわっと沸き立った。

競い合っているのは、脂ぎった小太りの男性とグレーヘアのすらりとした女性だ。いつの間にか、その他の入札者は大人しくなっていた。

大枚を叩《はた》いて自分を買おうとしている人間がいることが恐ろしい。しかも、その目的は人を人扱いせず楽しむためだ。

彼らのどちらかに落札されるまで、佑はこの鳥籠からは出られないだろう。逃げ出すチャンスがあるとしたら、部屋に戻される直前くらいのものだ。

それまで大人しくしておいて油断させ、海に飛び込むしか逃げる道はない。

「一千万！　一千万が出ました！　他にはいらっしゃいませんか？」

速水がぐるりと会場を見回す。このまま、あの小太りの男に買われてしまうのだろうか。覚悟を決めたとは云え、万が一のことを考えると鳥肌が立つ。

木槌《きづち》が振り下ろされそうになったその瞬間、さらなる入札額が提示された。

「一千五百万」

再び、会場がざわめく。

（この声は——）

スポットライトがその声の主を探す。やがて会場後方にいたタキシード姿の男を浮かび上がらせた。

（鳴神《なるかみ》さん、来てくれたんだ）

顔を隠す仮面をつけているが間違いない。佑を助けに来てくれたのだと胸が熱くなる。

自覚していた以上に心細い気持ちになっていたらしい。

「二千万‼」

もう落札できるものとばかり思っていた小太りの男が声を張る。一気に次の大台に乗せてしまえば勝負はつくと思ったのだろう。しかし、鳴神は彼の上をいった。

「五千万」

一気に値をつり上げてきたのは、他でもない鳴神だった。

（正気なのか……⁉）

衝撃で、安堵《あんど》からの涙も引っ込んでいく。会場のざわめきはそれまで以上だった。一瞬怯《ひる》んだように見えた相手の男も、気を取り直した様子で応酬する。

「ご、五千五百万」

「六千万」

「八千万！」

だんだんと会場内が静かになっていく。

手に汗握る攻防に、居合わせた全員が固唾《かたず》を呑んで見守った。しかし、鳴神は声のトーンも変えず積んできた。

「一億」

もう誰の声も聞こえてこない。佑も緊張で鼓動が速まっていった。

（一億って……）

一体、どこにそんな金があるというのか。払うつもりがないから、好きなだけつり上げられるということだろうか。しかし、資金ゼロでこのオークションに参加できるとは思えない。それなりの担保を取られているはずだ。

考えられるスポンサーは晴哉《はるちか》しかいないが、いくら何でも額をつり上げすぎだ。違法なオークションである以上、法的な支払いの義務は発生しないだろう。だが、反社会勢力が相手となると、違った方向で面倒なことになりかねない。

「一億二千万」

「一億五千万」

「……二億」

男は絞り出すような声で金額を告げた。もう彼の目に佑は映っていない。いま頭にあるのは鳴神のことだけだろう。

それまで静まり返っていた参加者たちが一気に沸く。これで勝負はついたと判断したのだろう。

鳴神が晴哉の協力を得ていたとしても、このあたりが限度だろう。佑が他の誰かに買われるのを阻止しようとしてくれただけで十分嬉しかった。

だが、佑も含めた全員の予想は裏切られた。

「三億五千万」

再び、会場内は痛いくらいに静まり返る。

「……っ」

男はへなへなとその場に膝をついた。プライドをへし折られ、立っている気力さえなくなったのだろう。

「三億五千万が出ました！　我こそはという方はおられませんか⁉」

あの速水さえ、声が上擦っている。この入札者の正体に気づいているのかどうか定かではないけれど、彼らは結果的に懐に金が入ればいいだけだろう。

声が上がるのを待ったけれど、鳴神に対抗しようという入札者は現れない。

「では、そちらの方が落札ということでいいですね？」

改めて木槌が振り下ろされ、甲高い音が鳴り響く。今度こそ佑の落札者が決定した。

（助かった……のか……？）

下卑《げび》た資産家に落札されずにすんだ安堵を感じつつも、落札価格に現実感が伴わない。

本当に鳴神はあの莫大《ばくだい》な額のお金をどう用立てるつもりなのだろう。さっきとは違う不安が込み上げてくる。

「うわ……っ」

モーター音と共に鳥籠が下がり始めた。やがて、ステージに底が当たり、ガタンと大きく揺れる。黒服の男たちが鍵を開け、佑を外へと出した。

手枷と口枷をつけられたまま、ステージの中央に立たされる。カッと強いスポットライトが当てられ、眩しさに目を細める。

階段を上り、ステージへとやってきた鳴神は黒服のスタッフが差し出した書類にサインをし、鍵を受け取った。

「皆様、落札者様に大きな拍手をお送りください！　どうか初めての夜をお楽しみいただけますよう」

鳴神は渡された鍵で手枷と口枷を外してくれる。ようやく口が楽になった。

「待たせて悪かったな」

「……っ」

腰を抱き寄せる手も、低く響く美声も、間違いなく鳴神のものだ。これは夢ではないのだと再認識した途端、瞳の奥が熱くなった。

佑を助けに来てくれたことは確かだが、オークションに参加することになった経緯がよくわからない。佑が囚われている間、外では何が起こっていたのだろう。

「あの、これはどういう――」

状況を問おうとしたけれど、即座にキスで封じられる。頭の後ろを押さえられ、舌を捻《ね》じ込《こ》まれる。

「んん」

大勢の前で何を考えているのかと鳴神を突き放そうとしたけれど、がっちりと抱き締められているせいでびくともしない。

目を閉じていても、好色な視線が向けられているのがわかる。拳で肩口を叩くけれど、その勢いもキスに封じられていく。

「んぅ、んんん」

そんな場合ではないとわかっているのに、鳴神のキスに酩酊《めいてい》しそうになる。口腔《こうこう》を深く探られているうちに理性も薄れていき、やがて佑もそれに応《こた》えてしまう。

（くそ、気持ちいい……）

ざらりと擦《こす》れ合う舌が、蕩《とろ》けて混じり合ってしまいそうな錯覚に陥る。快感に体が熱くなっていき、下腹部も否応《いやおう》なく疼《うず》き始めていた。

四肢から力が抜けていく。膝がかくりと折れそうになった瞬間、足を膝で割られ腰を強く引き寄せられた。

「ん！　あん、んん」

鳴神の腿《もも》に乗るような体勢になり、踵《かかと》が浮く。自己主張を始めていた股間を押しつけるように刺激され、喉の奥が甘く鳴った。

襦袢の裾《すそ》から大きな手が忍び込んでくる。鳴神は佑の太股《ふともも》をいやらしく撫で回し、尻を鷲摑みにした。そのまま力任せに揉《も》みしだかれると、奥まった場所を意識してしまう。

あの日、体の奥で感じた熱さを思い出し、そこが物欲しげに締まった。

いますぐ欲しい。凶暴に猛《たけ》った塊で貫かれたい――そんな強い欲求が湧き上がってくる。

（こんな大勢の前で何を考えてるんだ……！）

鳴神の手管《てくだ》に意識を奪われかけていた佑だったが、タキシードの布地を握りしめて耐え忍ぶ。しかし、その忍耐も長くは続かなかった。

そんな佑の葛藤《かっとう》を知ってか知らずか、鳴神はさらに口づけを深くした。その上、硬い太股で強く擦られる。

「んっ、ん、ん、んー……ッ」

キツい刺激で、思わず達してしまった。下着の中で爆《は》ぜはしなかったのが、不幸中の幸いだ。

唇を解放され、大きく息を吸う。酸素と共に、羞恥と理性が戻ってくる。

「何を考えてるんですか！」

人前にも拘《かか》わらず流されてしまった自分を棚に上げ文句を云うと、鳴神はしれっと涼しい顔で返してきた。

「落札者らしく振る舞わないと怪しまれるだろう？」

「だからって……！」

こんなことを人前でしなくてもいいではないか。キスだけならともかく、イカされるなんて信じられない。

「お前が可愛すぎて、あいつらに見せつけたくなったんだよ」

「なっ……」

しゃあしゃあと恥じらいもなく口にする鳴神に絶句する。

「あとでいくらでも怒られるから、いまは静かにしててくれ。――こちら、鳴神。了解した。こちらも適宜脱出する」

「え？」

いまの返事は佑に向けて告げられたものではないようだ。よくよく見ると、タキシードの蝶《ちょう》ネクタイに無線のマイクが埋め込まれていた。

直後、大きなサイレンの音がどこからともなく聞こえてくる。そして、拡声器越しの割れた音声が続いた。

『この船は包囲されている。全員大人しく投降しろ！』

その瞬間、会場内はパニックに陥った。我先にと出口へ殺到するが、一体彼らはどこに逃げるつもりなのだろう。

「な、何？」

「海上保安庁だ。さっき、速水の部屋で見つけた帳簿と顧客リスト、オークションの商品リストの写真を昔の上司に送っておいた。確固たる悪事の証拠さえあれば逮捕は難しくない」

「だとしてもやけに到着が早くないですか？」

摘発を避けるため、ある程度は沖に出ているはずだ。偶然、近くを巡視艇が通っていたなんてことがあるのだろうか。

「俺がこのクルーズ船に潜入することは前もって云っておいたから、内々に海上保安庁に協力要請を出しておいてくれたんだろう。顧客リストにはやつらに協力していたと思《おぼ》しき警視庁の大物の名前もあった。これで捜査も進むだろう」

「……！」

危ないことには関わるなとあれだけ口を酸《す》っぱくして云っていた鳴神だが、その裏では佑の望みを叶えてくれていた。

「いまのうちだ。俺たちも行こう」

「は、はい」

気がつけば、速水の姿はもうどこにもなかった。真っ先に逃げたのだろうが、どこから脱出するつもりなのだろう。

「こっちだ、佑」

鳴神は迷う素振りも見せず、ステージの横のスタッフオンリーと書かれた扉に向かっていく。そこから続く通路は大人がやっとすれ違えるほどの狭さで天井も低かった。

襦袢の裾が足に纏わりつくのが鬱陶しい。たくし上げ、帯に一部押し込んだ。

「この通路はどこに出るんですか？」

「下部にある搬入口と前方の甲板に出られるようになってる。簡単には逃げられないよう、搬入口の救命ボートには穴を空けておいた」

「！　あれって――」

「……速水だな。やっぱり、こっちから逃げるつもりだったか」

速水は階段の手前にある緊急脱出口と書かれた小さな扉の前にいた。施錠されている様子で、合う鍵を探してもたついているようだ。

彼の姿だけのところを見ると、他の仲間にこの通路のことは教えていなかったのだろう。

「どこへ行くんだ、速水。迎えが来てるんだから、大人しく待っていたらいいだろう」

　鳴神の声に速水は一瞬動きを止める。小さく息を吐くと、徐《おもむろ》にこちらを振り返った。

「――やっぱり、君は雨宮《あまみや》先生のお仲間だったか。委託金を即金で振り込んできたから除外したんだけど、先入観は人の目を狂わせるね」

「委託金？」

　佑の疑問に、速水が説明する。

「オークションの参加者には、お財布を預けてもらってるんだよ。商品は船内ですぐに提供されるようになってるからね。代金を踏み倒されでもしたら困るだろう？　あのお金はお友達に借りたの？」

「あれは俺の自腹だ」

「自腹⁉　あんなお金どこから……」

「ちゃんと自分で稼いだ金だ。便利屋をしてると云っただろう？　すぐに用意できた現金はあれだけだったから少し不安だったが、競り負けずにすんでよかったよ」

　稼いでいるだろうとは思っていたけれど、佑の予想とは桁が違ったようだ。

「あんな大金を出してもらえるなんて愛されてるなあ。あれはありがたく僕たちが有効に使わせてもらうよ」

「お前は今日ここで逮捕されるんだ。まさか、クルーズ船が本拠地だったとはな。悪事の証拠もこの船にある。もう逃げ場はないぞ」

「はは、万が一のためにこの船には爆薬が積んである。僕が脱出したら、何もかも船と一緒に海の底だよ」

ただ救命ボートで逃亡するだけでは巡視艇に追いつかれる。そのため、クルーズ船を沈め、乗客の救助にリソースを割かせて逃げきる作戦なのだろう。

「逃がすわけがないだろう」

「この僕が手ぶらだと思う？　君たちにはこの船と心中《しんじゅう》してもらうよ。運がよければ助けてもらえるかもしれないね」

速水が胸元から出したのは、黒光りする拳銃《けんじゅう》だった。本物かイミテーションかはわからない。

「いますぐ死にたくなかったら――」

佑は速水の言葉が終わる前に鳴神の前に踏み出し、拳銃を踵落としで叩き飛ばした。

「な……っ⁉」

床に落ちたそれを拾い上げて、逆に訊き返す。

「死にたくなかったら何だって？」

佑の踵落としは鳴神仕込みだ。不審者につけ狙われがちな佑が派手な技ができるようになりたいとねだり、護身術以外にこれだけを教えてもらった。

薬も抜け、拘束もされていない。さっきの仕返しをするならいましかない。臨戦態勢の佑を押《お》し止《とど》めたのは、鳴神だった。

「相変わらず足癖が悪いようだが、よくやった」

肩に手を置かれ、はっと我に返る。

「くそっ」

武器のなくなった速水は扉を開けるのを諦め、階段に向かって逃げ出した。だが、鳴神のほうが早かった。

佑の横を音もなくすり抜けていったかと思うと、信じられないくらいの早業で速水の首根っこを摑み、床にねじ伏せてしまった。ポケットから取り出した結束バンドで手足を拘束し、彼のポケットを探る。

「何を探してるんですか？」

「脱出後に沈めるなら、起爆スイッチを持ってるだろうからな」

「誰が教えるか！　こうなったらお前らと一蓮托生《いちれんたくしょう》だ！　船が沈むのを怯《おび》えて待ってろ」

「静かにしてろ。お前には訊いてない」

「がっ」

鳴神は速水の髪を摑んで、床に頭を打ちつける。くぐもった声のあと、速水は大人しくなった。

「これか」

速水の上着のポケットから出てきたスマホは指紋認証だったが、意識のない速水の指を押し当てるのは容易だ。

起爆用と思われるアプリを発見したが、タイマーはまだオンにはなっていなかった。速水の言葉はただの脅し文句でしかなかったとわかり、ほっとする。だが、危機が完全に去ったわけではない。

「爆発物はどうしますか？」

「あとは専門家に任せる。これ以上、俺たちが引っかき回してもいいことはない」

「……それもそうですね」

不安はいくつもあるけれど、自分たちだけでできることは限られている。足を引っ張らないようにするのも大切だ。

手すりに速水を繋ぎ、佑と鳴神は甲板へと続く階段を駆け上がった。

「あれ？　他の人たちは甲板には出てないんですね」

「オークションが始まってから、外に出られる扉は全て封鎖してきたからな。あいつらを逃がすわけないだろ」

「…………」

鳴神の抜かりのなさに脱帽する。

無線でどこかに速水の居場所と爆発物の件を伝えたあと、佑を誘導する。

「こっちだ」

小型のヘリコプターが待機しているのが目に入る。海上保安庁か警視庁のものかと思いきや、操縦席に座っているのは晴哉だ。

「ハル⁉」

色んな乗り物の免許を持っていると云っていたけれど、ヘリコプターまで操縦できることは知らなかった。

「待ちくたびれたよ、二人ともー」

「途中で面倒なやつの相手をしてたんだ」

「佑、どうしたのその格好。初めて見たけど、着物姿も悪くないね。これ、かなりいい生地だなあ」

「これは不可抗力で……」

売るために着せられたものを褒められるのは複雑な気分だ。

「無駄口叩いてないで早く出せ」

「はいはい、人使い荒いなあもう……。シートベルトはしっかり締めてね」

ベルトを締めると、ヘッドセットを渡される。鳴神がドアのロックを確認したあと、機体が浮かび上がった。

「ヘリで脱出したら、俺たちが逃亡犯だと思われたりするんじゃないですか？」

不意に懸念が持ち上がる。佑も被害者の一人として取り調べを受ける義務があるのではないだろうか。

「大丈夫だ、話はつけてある。俺たちはここにはいなかったことになる。記録は残らない」

「そんなこと可能なんですか⁉」

「顧客リストが本気でヤバい代物だからな」

警察関係者も名を連ねていると云っていた。握り潰すまではしなくとも、内々に片づけたいに決まっている。

「そもそも、鳴神さんはどうやって潜入したんですか？　まさか、このヘリで乗り込んだわけじゃないですよね？」

「本来参加する予定だった一人になりすまして、他の客に紛れて乗船した」

「その人とバッティングしたらどうするつもりだったんですか！」

「当人には留守番をしていてもらったから心配ない」

「まさか、本人に承諾させたんですか？」

「念には念をと云うだろ。交渉は強気でいくのが成功の秘訣《ひけつ》だ」

「あれは交渉って云わないでしょ」

晴哉が口を挟む。

「…………」

鳴神はだいぶ強引な手段に出たようだ。

「お陰で逮捕されずにすんだんだ。いまごろ彼も俺たちに感謝してるはずだ」

「むしろ、布団の中で膝抱えてると思うけどなあ」

佑がいない間に、二人はだいぶ仲よくなったらしい。こうして軽口を叩き合ってはいるが、佑が姿を消してから八方手を尽くして捜してくれたに違いない。

「それで、ちゃんと落札できたの？」

「ああ。ただ、さすがにあれ以上つり上げられていたらヤバかった。向こうが諦めてくれてよかったよ。部屋に連れ込まれたら、脱出プランが変わってた」

鳴神の言葉に、自らの落札金額を思い出して血の気が引いていく。三億五千万。気の遠くなるような数字だ。

「あ、あの、捜査が進めば鳴神さんのお金は返ってきますよね……？」

「どうだかな。他人になりすまして潜入したから、預けた金を俺のものだと証明するのは難しい」

「ど、どうにかして取り戻さないと」

「別に構わない。あの金の出所が俺だとわかると、余罪までついてくるだろ」

「あ……」

不法侵入、脅迫に傷害も加わるかもしれない。改めて、危ない橋を渡らせてしまったことを深く反省する。

「金はまた稼げばいいし、いい買い物だったしな」

「え？」

いい買い物とはどういう意味だろうか。

「お陰で無事に助け出せた」

一瞬、ドキリとした佑だったが、続けられた鳴神の言葉に拍子抜けする。

（そ、そうだよな、別に鳴神さんはそういうつもりで俺を買ったわけじゃないんだし……）

不埒《ふらち》な考えが浮かんだ自分が恥ずかしい。佑は窓の外の景色を眺めるふりをして、熱くなった頬《ほお》が冷めるのを待つのだった。

16

ヘリコプターが到着したのは、桜小路《さくらこうじ》グループのホテルの屋上だった。

「到着ー」

ヘリポートに降り、足をつけて立つと改めてほっとする。無事に帰ってこられたのだと実感した。

「ハルは降りないのか？」

「実はもう日本を発《た》たなきゃいけないんだよね」

「えっ、このまま行くのか？」

「うん、オフはもうおしまい。ヘリのほうが空港まで早いしね。そうだ、部屋を取っておいたから、今日はゆっくりしてくといいよ」

「部屋？」

「その格好で外には出られないでしょ。着替えも用意しておいたから」

身支度を調《ととの》える場所を用意しておいてくれたようだ。肌に塗りたくられた甘ったるい香りのオイルも洗い落としたい。

「……本当に色々とありがとな」

晴哉《はるちか》には感謝してもしきれない。今回の件は彼がいなければ、どうにもならなかっただろう。

「いいって。僕たち親友だろ？」

「ハルが困ったときは、絶対俺が助けるよ」

「頼りにしてる。あ、そうだ。次の日本でのコンサートは絶対聴きに来てよ」

「約束する」

拳と拳をぶつけ合った。

晴哉は名残惜しそうにしつつも、再び空へと戻っていった。

屋上の出入り口に待機していたホテルのスタッフが案内してくれたのは、キングサイズのベッドが二つ置かれたロイヤルインペリアルスイートだった。続きの部屋に書斎があるところを見ると、仕事での滞在を想定している部屋なのだろう。

「着替えはクローゼットにしまってあります。お困りのことがありましたら内線の一番にお申し付けください」

「あ、ありがとうございます」

襦袢姿の佑《たすく》をポーカーフェイスのスタッフが内心どう思っているか気になったが、向こうもプロだと信じたい。

ドアが閉まり、部屋に鳴神《なるかみ》と二人きりになる。

(落ち着かない……)

いまさらながらに、彼のことを好きだと自覚したことを思い出す。だからといって、これまでの関係が変わるわけではない。

キスもされたし、抱かれもしたけれど、彼が佑のことを恋愛対象として認識することはないだろう。好意も愛情も向けてくれてはいるけれど、恋愛のそれとは別物だ。

(鳴神さんには大事な人がいるし)

告白などするつもりはない。自分の気持ちを伝えたところで、気を遣わせるだけだ。

「今日はゆっくり休め。明日の朝、迎えにくる」

「どこ行くんですか?」

「もうあいつらもお前をつけ狙うことはないはずだ。俺がいなくても平気だろう」

「行かないでください」

「乱暴された相手と同じ部屋じゃ落ち着かないだろう?」

「乱暴ってあれは——」

鳴神はあの夜のことを気にしているらしい。確かに始まりは平和的とは云えなかった。けれど、彼一人が責任を負うような事柄でもない。

「――あれは俺が煽《あお》ったんです」

「どういう意味だ？」

鳴神は訝《いぶか》しげな顔をする。

自分の気持ちに完全に整理がついたわけではない。上手く説明できるかわからないけれど、言葉にしなければ何も伝わらない。

あの日のことを、順を追って話すことにした。

「速水《はやみ》の講演会の日、ホテルのラウンジでもの凄く綺麗《きれい》な女の人と一緒にいましたよね？」

「それがどうしたんだ？」

「いま思うと、あれは嫉妬だったんだと思います」

「嫉妬？」

鳴神はますます変な顔になる。

「どういう種類かはわかりません。だけど、ずっと昔から子供じみた独占欲があって、だから、鳴神さんがあの女の人のものなんだって思ったら落ち着かない気持ちになって。あの人をどんなふうに抱くんだろうって考えたら、どうしても知りたくなって――」

「ちょっと待て。何を云ってるんだ？」

「あの人が鳴神さんの恋人なんでしょう？」

とか?」
「どうしてそんな——もう一つ先に確認させてくれ。俺がお前を抱くよう誘導したってこ
「あのときは勢いでしたけど、いま思えばそういう気持ちだったんだなって……」
あんな美人で知的な人に、自分が敵《かな》うことなんて何一つないことはわかっている。だ
が、一度だけでいいから鳴神の熱を感じてみたかった。
「彼女は元上司だ。昔の貸しを使って頼みごとをしていただけだ。彼女の部署は情報収集
に長《た》けていて、国内の調査機関であそこの右に出るところはない。ただそれだけで、恋人
でも好きな相手でもない」
「上司? まさか、警察官ってことですか?」
速水の部屋をあっさりと特定できたのは、彼女のお陰だったということか。
「そうだ」
「嘘でしょ?」
偏見になるがあんなゴージャスでグラマラスな美人が警察官だなんて信じられない。
「異動になってから、しばらく彼女の部署で仕事をしてた。すぐに性に合わないと思って
辞めたけどな。そのときの貸しがいくつかあったから、今回使わせてもらったんだ」
「もしかして、速水の部屋の件ですか?」
「あのマンションは又貸しされてる物件ばかりで賃借人の名義もペーパー会社だったたん

だ。国家権力を使ったほうが早いだろう？」

「………」

どういう方法で部屋を特定したかは訊かないほうがよさそうだ。少なくとも、彼女が協力してくれたお陰で佳希《よしき》を無事に家族の元へ帰すことができたのだから。

「誓って云うが、俺は彼女とそういう関係になったことはない。元上司として尊敬はしているが、それ以上の感情を抱いたこともない。好きなやつは他にいる」

鳴神の言葉には必死さが滲《にじ》んでいる。彼の真剣な眼差しから、その場限りの云い訳ではないことが伝わってきた。

「……待ってください。じゃあ、鳴神さんの好きな人って……？」

彼女でないとすると、外国にでもいるのだろうか。

「まだわからないのか？　俺が好きなのはお前だ」

「え？」

鳴神はばつの悪そうな表情で、自分の髪をかき回す。

「わかってる、人としてまずいよな。親友の弟をそんな目で見てるなんて」

「い、いつからですか……？」

「いつだろうな。再会してもう子供じゃないんだって気づいたら、気持ちが抑えられなくなった」

「張り込み中にやらしいことしたくせに」

自分の気持ちに気づいたのは、あのできごとがあったからだ。キスされ、触れられても不快感がないことが不思議で、自分の気持ちに向き合うことになった。

「本当は手を出すつもりなんてなかった。あのときだってキスのふりだけのつもりだったんだ」

「じゃあ、どうしてあんな――」

今度は佑が訊ねる番だった。

「好きな子を前にしたら、理性なんて簡単に吹っ飛ぶ」

「う、嘘だ」

好き、という単語にぶわっと体が熱くなる。

「頭がいいくせに、変なところはバカだな。抱いて欲しけりゃそう云えばいいだろう。もっと優しくしてやれたのに」

「酷《ひど》く、されたかったんです」

同情などされたくはなかった。怒りからの行動だったとしても、あのときの鳴神は佑に欲情し、衝動のままに何もかも奪い尽くしていった。

「あの、本当に俺を好きなんですか……?」

「お前は俺を導いてくれる星みたいなものなんだよ。お前がいてくれるなら、道を違《たが》えずにすむ」

鳴神は、まるで宝物に向けるような眼差しで佑を見つめて云った。

「星――」

過分な言葉に胸が震える。鳴神は気障《きざ》な台詞《せりふ》を口にした気恥ずかしさからか、混ぜっ返すような発言をつけ加えた。

「いまだって、必死に理性を働かせてる。その格好は目に毒だ」

「ちゃんと見てください。鳴神さんは〝俺〟を買ったんじゃないんですか？」

「だから、そう煽るな。歯止めが利かなくなったらどうする。酷いことはしたくない」

「鳴神さんには酷くされたいって云ってるじゃないですか」

そのほうが求められている実感が湧く。

「ったく、お前は――」

「んん！　ん、ん……っ」

腰を抱き寄せられ、乱暴に口づけられた。言葉よりも行動のほうが、鳴神の気持ちを実感できる。苛立ちと後悔の苦さが混じっている。

佑からも腕を回し、彼の頭をかき抱いた。何度も角度を変えながら激しく舌を絡め合い、溢れる唾液《だえき》を飲み下す。

「ふは……っ、ん、もっと」

離れていった唇を追いかけ、キスを求める。

「このまま抱くぞ」

「ん」

頷《うなず》くと、再び顔が近づいてくる。目を閉じようとした瞬間、思い出した。速水たちに着せられた襦袢を身に纏い、体には甘い香りのオイルを塗られたままだ。

こんな体で抱かれたくはない。鳴神を押《お》し止《とど》め、前言を訂正する。

「あ、あの、やっぱりシャワーを浴びていいですか？　この匂い、落ち着かなくて……」

「そうだな。余計な匂いを洗い流そう」

「えっ、一緒に入るんですか？」

「ダメか？」

「ダ、ダメではないですけど……」

そう返事した途端、手を引かれバスルームの脱衣所に連れていかれた。

お互いの着衣を脱がせ合い、バスルームにもつれ込んだ。セックスなら熱に浮かされているからいいけれど、素面《しらふ》の状態で裸を晒しているのは恥ずかしい。

(昔は平気だったのに)

一緒に銭湯に行ったこともある。そのときは、逞《たくま》しい肉体を羨《うらや》む気持ちしか湧いてこなかった。だけど、いまは目にするだけでドキドキする。

この腕に一度は抱かれたことがあるのだと思うと、否応《いやおう》なく体が昂《たか》ぶった。

「何を考えてる？」

「わっ」

シャワーのコックを捻《ひね》られ、頭からお湯を浴びる。

「別に大したことじゃ――」

手の平で泡立てたボディソープを肌に塗りつけられた。

泡にまみれた手に体を撫で回され、不意にびくっと体が跳ねる。そんな自分の反応に驚きつつ、それが乳首に指先が触れたせいだと判明した。

「あっ、ん、んん」

皮膚の硬い指先が、小さな尖《とが》りを捉えて摘まみ上げた。強弱をつけて捏《こ》ねられると、むず痒《がゆ》さに似た感覚が鳩尾《みぞおち》の奥から這《は》い上がってくる。

やがて、右手は腹や腰、下腹部を撫でるようにして泡を塗りつけたあと、佑の昂ぶりに辿《たど》り着いた。それはすでに期待に兆《きざ》し、緩《ゆる》く勃《た》ち上がっている。

「……っ」

泡でぬめる指が絡みつく感触に息を呑む。鳴神は根元の膨らみや芯を持ったそれを丁寧に擦る。

「待っ、あっ、あ、あ、あ⁉」

イキそうになった瞬間、根元を締めつけられて衝動を押さえ込まれる。非難を込めて睨《ね》めつけると、鳴神は涼しい顔で嘯《うそぶ》いた。

「どう、して……っ」

「待てと云ったのは佑だろう？」

「……っ」

確かにそう云ったけれど、こんな状態で寸止めして欲しかったわけではない。鳴神は昂ぶったままの佑の体から、泡をシャワーで洗い流す。

「あんな格好になってたこと以外、何かされたか？」

「…………」

「怒るわけじゃないんだ、云ってみろ」

「……指を中に……」

「何だと!?」

されたことを簡潔に告げると、鳴神は大きな声を出した。

「怒らないって云ったじゃないですか……！」

「お前に怒ったわけじゃない。——くそ、この手で殺しておくんだった」

声が本気だ。次に顔を合わせる機会があったら、本当に命を奪いかねない。

「暴れたからちょっとだけだったたし、あんなのすぐ忘れられます」

無遠慮に指を突き入れられた感覚がまだ生々しく残っているけれど、時間が経《た》てば薄れていくはずだ。

「いますぐ俺が忘れさせてやる」

鳴神は棚に置かれていたアメニティのボディオイルを手に取ると、佑の足下に跪《ひざまず》いた。

一体、何をするつもりなのか。

「何——」

緩く勃ち上がった自身の裏側を舐められただけで、喉の奥から変な声が出てしまった。

「や、鳴神さん、それやだ……っ」

鳴神は佑の昂ぶりを指であやしながら、丹念に舐めてくる。あの夜は一晩のうちに何度も睦《むつ》み合ったけれど、口淫《こういん》はされなかった。

「あ、あ、だめ、恥ずかしい…から……っ」

デリケートな部分を舐められることがこんなにも恥ずかしく、感じてしまうことだと初めて知った。

佑は鳴神の髪を掻き乱しながら、強烈な快感を耐え忍ぶ。舐められているだけでもどうにかなってしまいそうなのに、彼の口腔に呑み込まれていく。

「あ……！　うそ、あっ、あ、あ、ぁあ……っ」

先端を舐めしゃぶられ、怖いくらいの快感に襲われる。啜《すす》り泣《な》くように喘《あえ》いでいたら、鳴神は括《くび》れた部分を唇で締めつけ、窪みを舌先で抉《えぐ》ってきた。

今度はぬるりとした感触と共に尻の狭間を探られる。そこに塗りつけられたのは、さっきのボディオイルのようだ。

「なに……？　ぅあっ」

奥まった場所に指先が触れ、下肢に力が入る。そうこうしているうちに指先がぐっと押し込まれた。締まった粘膜をかき分けるようにして、長い指が奥へと入り込んでくる。

「や、待っ……あ、あ、あ！」

心の準備もまだのうちに、緩く中を掻き回された。内壁をぐりぐりと押され、断続的に高い声が出る。

佑の体内で、まるで生き物のように指が蠢《うごめ》く。二本、三本と増やされ、中を押し広げられる。

「ああっ、あ、あ、ぁん！」

後ろを弄《いじ》られながら、再び自身を深く呑み込まれる。荒っぽく舐めしゃぶられ、先端の窪みを舌先で抉られると、感じすぎて膝が抜けてしまいそうになった。

言葉にならない淫《みだ》らな感覚に、佑は身悶《みもだ》え、ひっきりなしに喘ぐ。そうやって深い抜き差しを繰り返されているうちに、どんどん息が上がっていった。

「ひぁ、あっ、あ、あ……！」

足がガクガクと震える。鳴神の肩に摑まり体を支えるけれど、限界も近い。

「いや、だめ、も、立ってられ、ない……っ」

音を立ててしゃぶられながら後ろを弄られ、膝から力が抜けていく。鳴神の頭を引《ひ》き剝《は》がそうと試みるも、びくともしない。

「あ、や、そんなことしたら──ぁあ……ッ」

じゅっと強く吸い上げられる。その弾みに佑は鳴神の口の中で大きく震える。さっきイクのを阻《はば》まれたせいで溜《た》まっていたものが派手に弾けてしまった。

鳴神は佑の出したものを平然と嚥《えん》下《か》し、濡れた唇を舐めて拭う。その仕草にぞくぞくと背筋が震えた。

「……っ」

ぎりぎりで耐えていた膝がかくりと折れる。佑はそのままその場にへたり込んだ。

あれだけ激しく達したのに、佑の体はまだ熱を持っていた。ズキズキと体中が疼《うず》き、欲しくて欲しくて堪らない。

「鳴神さん──」

彼の名を呼ぶ声が上擦ってしまう。

「ん？」

「指だけじゃやだ……鳴神さんのが、欲しい……」

たどたどしく願望を口にしながら、膝を突いていた鳴神に縋《すが》る。自分から口づけると青臭い味がしたけれど、構わず舌を交わらせる。

「おい、佑、んん、ちょっと待て」

「待てない」

シャワーの白い蒸気が満ちる中、鳴神を押し倒して馬乗りに跨《また》がった。ここには自分たちの他には誰もいない。そう思ったら、欲求が抑えられなくなった。

後ろ手に彼の屹立を支え、解《ほぐ》され疼く窄《すぼ》まりに宛《あて》がう。ごくりと喉を鳴らしたあと、体の重みを使って、屹立を呑み込んでいった。

「んっ……う、あ……っ」

欲しかったものが与えられ、軽く達してしまう。いまにも弾けてしまいそうに張り詰めた昂ぶりが、いま確かに自分の中にいる。溶かされそうに熱く滾《たぎ》った彼の欲望に満たされ、佑のそこは満足げにひくついていた。

「驚いたな。こんなに大胆な面があったとはな」

「だって……」

「お前が欲しがったものを、俺がやらなかったことなんてないだろう？」

吐息が交わる距離で問われ、こくこくと頷く。

「痛くはないか？」

気遣わしげに問われ、今度は首を横に振る。そして、呑み込んだ欲望をキツく締めつけてねだる。

「お願い、中、擦って」

「せっかちだな、佑は。そう煽るな、酷くしたくないって云ってるだろ」

「いいから、はやく……っ」

鳴神は希望どおりに抱え上げた佑の体を荒々しく揺さぶる。不安定な体勢なのに動きが的確なのは、鍛え上げられた肉体のお陰だ。

「あ、あ、ア、ぁあ！」

粘膜から伝わってくる激しい鼓動に、体温がさらに上昇する。

下から突き上げられるたびに内壁は快感に震えた。逞しい体にしがみつき、与えられるもの全てを受け止める。ぎゅうっと締めつけると、鳴神の凛々《りり》しい顔が歪《ゆが》んだ。

「あっあ、あ、鳴神、さん……っ」

瞬きをした瞬間、涙が眦《まなじり》から零《こぼ》れ落ちる。慰めるようにキスをされ、佑からも遮二無二《しゃにむに》口づけた。

このまま混じり合って、一つになってしまいたい。そうすれば、ずっと一緒にいられるのに。そんなバカなことを考えてしまう。

「好きだよ、佑」

「……っ」

不意の告白のあと、佑を責める動きが激しさを増す。体が蕩け落ちてしまいそうな錯覚を覚え、さらにキツく抱きついた。

「あっあ、あ、あ、あ――」

勢いのまま、二人で高みまで上り詰める。

「鳴神さん――」

絡み合う視線は何よりも雄弁で、その夜はひたすらにお互いを求め合った。

17

――あれから一ヵ月。

（鳴神《なるかみ》さん、いまごろどこにいるんだろ）

あの日の翌朝、佑《たすく》がホテルで目を覚ますと、『用事をすませてくる』というメモだけを残して鳴神はいなくなっていた。

混乱したし、腹も立ったけれど、そういう人だという諦《あきら》めもあった。

いまでは佑もすっかり日常を取り戻している。

〈アフタービジョン〉には、違法な売春斡旋容疑で捜査のメスが入り、組織は解体された。主犯として速水《はやみ》が逮捕されたけれど、その裏にいたであろうグループまではまだ解明できていないようだ。それでも、たくさんの被害者が解放されたことは幸いだった。

クルーズ船での人身売買についてはニュースになっていない。被害者に未成年が多かったということもあり、報道規制が入ったのかもしれない。あの場にいてはならない人物が多くいたせいもあるのだろう。

何事もない平穏な毎日——それがどれだけ貴重なことかはわかっているが、緊張感に満ちたあの日々をいまは懐かしく感じてしまう。

鳴神はいまどうしているのだろうか、海外を飛び回っているであろう鳴神に想いを馳《は》せていたら、来客を知らせるチャイムが鳴った。

（こんな時間に誰だ？）

宅配便の配達時間外だし、晴哉《はるちか》はいまは南半球を飛び回っている。

「はーい、どちらさま……」

ドアを開けると、荷物を抱えた鳴神が立っていた。

「な、鳴神さん⁉」

噂《うわさ》をすれば影ということわざもあるが、こんな早朝に現れるとは思いもしなかった。しかも、また薄汚れた着衣に無精髭《ぶしょうひげ》というむさ苦しい姿になっている。

「一体どこに行ってたんですか！　メモ一つで姿を消して、心配してたんですからね！」

半分は嘘《うそ》だ。鳴神のことだ。どこでも元気にやっているだろうと思っていた。彼のことを考えていたのは、ただ会いたかったからだ。

一ヵ月も放っておかれた怒りと、再会できた喜びが綯《な》い交《ま》ぜになる。

そんな複雑な感情を噛み締めている佑をよそに、鳴神はずかずかと入り込み、ソファに倒れ込む。

「ちょ、鳴神さん？」

「残ってた仕事を片づけてきたが、まだ依頼料が入ってないんだ。いまはホテルに泊まる金もない」

「！」

そう云われれば黙るしかない。三億五千万で自分がこの男に買われたことを思い出す。鳴神が散財することになったのは、他でもない佑を助けるためだ。

「疲れた。明日まで寝かせろ」

「寝るのはいいですけど、せめてシャワーを浴びてください！」

そう訴えるが、鳴神はそのまま寝てしまった。色気もムードも何もない再会に呆気《あっけ》に取られたけれど、いま確かにここにいる。

(無事な姿を見られただけでよしとするか)

荒らげた口調とは裏腹に、口元は嬉《うれ》しさで緩《ゆる》んでしまう。こんな顔を鳴神に見られたら、何を云われていたかわからない。

「……おかえりなさい、鳴神さん」

眠る鳴神の唇に、佑は触れるだけのキスをした。

小夜嵐《さよあらし》

1

「くそ、どうしてこんなことに……」

斜めに吹きつけてくる強い風雨の中、金槌《かなづち》で雨戸に板を打ちつけながら、すっかり濡《ぬ》れ鼠《ねずみ》のようになった佑《たすく》は一人ため息をついた。

(嵐《あらし》みたいな人だからって、台風を引き寄せなくてもいいのに)

いま佑たちがいるのは、東京から列車で数時間、船で小一時間ほどの距離にある無人島だ。無人島といっても、バブル時代には富裕層の別荘地として賑《にぎ》わっていた場所らしい。

その名残《なごり》として、あちこちに古びてはいるものの豪華な造りの家が建っている。だが、そんな栄華もいまは昔。以前は大勢の客が訪れていたであろうスーパーマーケットの看板は色褪《いろあ》せ、建物はゾンビでも出てきそうな風情の朽ち方をしていた。

時折、地元の釣り人が訪れることはあるらしいが、いまでは人が泊まりに来ることはめったにないと、島まで送ってくれた漁船の船長が云《い》っていた。

『旅行に行かないか?』

一ヵ月、音沙汰《おとさた》もないまま姿を消していた鳴神《なるかみ》だったが、佑の元へ戻ってきた翌朝、開口一番そう告げた。

『旅行？　いきなり何なんですか』

『たまには旅館で羽を伸ばすのもいいと思ってな』

連絡がない間、鳴神は海外で〝仕事〟をしていたらしい。どんな内容だったかは訊《き》かずにおいたが、それなりに物騒なことをしてきただろうことは察しがつく。聞けば次の仕事まで時間があるとかで、しばらくのんびりできるとのことだった。

『いいですけど、お金あるんですか？』

財産の大半を佑の〝落札〟に使い込んだばかりの鳴神の懐に余裕はないはずだ。どうにか取り返す手段がないか手を尽くしてはいるけれど、いまのところは望み薄だ。

『週末までには依頼料が振り込まれるだろうし、他の依頼もあるし問題ない。たまには温泉も悪くないだろ』

そんなふうに好きな相手に誘われて、断る理由もない。

幸い連休なら体が空《あ》くからと誘いに乗ったが、久しぶりの旅行に浮かれる佑がまず先に連れてこられたのはこの古い別荘群のある孤島だった。

この島には、先日車を貸してくれた老人の別荘があり、彼の頼みで大事なものを取りにきたのだそうだ。

旅館に向かう前に島に行き、別荘で用事をすませてから磯釣《いそづ》りをしようと誘われてついてきたのだが、もしかしたら佑のほうが〝おまけ〟だったのかもしれない。

(予報では嵐が来るのは明日だったのに)

太平洋上で停滞していた季節はずれの台風が突然移動を始め、こちらへと向かってきているのを深刻に捉《とら》えておくべきだった。

今日一日は天気が保《も》つだろうという予報はあっさりと外れ、漁船が迎えに来るはずの午後には酷《ひど》い雷雨となってしまった。

予報では嵐のピークは夜中。明け方には抜けて、明日は台風一過で晴れるだろうとのことだ。

荒れた海に船は出ない。迎えが来るのは嵐が去ってからということで島に泊まらざるを得なくなり、今晩はこの別荘で一晩凌《しの》ぐことになったため、風雨に備えて補強をしているというわけだ。

すでに別荘の電気は止まっていて、ガスも出ない。だが、井戸水を引いているらしく水回りは使えることだけが不幸中の幸いだった。

「本当ならいまごろ旅館でのんびりしてるはずだったのに……」

豪華な食事に舌鼓《したつづみ》を打ち、温泉に浸《つ》かって日頃の疲れを癒《い》やし、そして夜は――そんな久々の逢瀬《おうせ》を楽しみにしていたのは、自分だけだったのだろうか。

用事は明日にしようともっと強く云っていれば、こんなことにはならなかっただろうに。

(いまさら、どうにもならないけど)

もしもを考えても意味がないことは重々承知している。いまは雨風を凌げる場所で一晩が過ごせるだけでも感謝すべきなのだろう。だが、浮かれていたぶん落胆は大きかった。

「そっち、板と釘《くぎ》は足りてるか?」

「……っ」

ベニヤ板を抱えた鳴神が、佑の様子を見に来た。肉体労働に慣れた鳴神だ。裏手の補強は早々に終わったようだ。

濡れたTシャツが張りついた逞《たくま》しい肉体に、思わず目が行ってしまう。反射的にドキリとしてしまう自分が悔しい。

「もうすぐ終わります」

不慣れ故《ゆえ》に真《ま》っ直《す》ぐ打てなかった釘もあるけれど、あと二本ほど打てば安心だろう。

「風が強くなってきたから気をつけろよ」

「わかってます」

鳴神に対して拗《す》ねた口調になってしまうのは、思い描いていた状況とまったく異なっているからだ。

子供じみた態度を取っていることは自覚しているが、いまさら取《と》り繕《つくろ》えもしなかった。

「本当に悪かったな、こんな天気のときに連れてきて」

佑の機嫌の悪さを察したのか、鳴神は顔色を窺《うかが》ってくる。

「別に嵐を呼んだのは鳴神さんじゃありませんから」

鳴神に苛立《いらだ》っている部分もあるけれど、それ以上に腹が立つのは自分自身に対してだ。初めての二人きりの旅行に夢を抱き、あれこれと想像していた自分が恥ずかしい。

「佑！」

「……ッ!?」

急に抱え込まれ何事かと思った瞬間、トタン屋根と思《おぼ》しき破片が強風に煽《あお》られて飛んできた。

ガン、と派手な音を立てて鳴神の腕に当たったあと、再び風に乗って遠離《とおざか》っていく。

「大丈夫だったか、佑」

「な、鳴神さん、怪我《けが》は……!?」

気をつけろと云われた矢先の危機に血の気が引く。ただぶつかるだけなら大したことのない物体でも、強風に乗ってくれば威力も変わる。

「大丈夫だ。ほら、掠《かす》り傷《きず》ができただけだ」

見せられた腕には数本の擦り傷ができていたけれど、血が滲《にじ》んでいる様子はなかった。

「よかった……」

「佑こそ本当に怪我はないか？」

「鳴神さんのお陰で何ともありません」

「それならよかった。あとは俺がやっておくから、佑はもう別荘の中に戻れ」

佑に任せるよりも自分でやったほうが早いと判断したようだ。

「……すみません、役立たずで」

雨戸の補強もまともにできず、危ないところを守ってもらうなんて足手纏《あしでまと》いもいいところだ。気遣ってくれる鳴神に素っ気ない態度を取ってしまった子供っぽい自分を反省し、落ち込んだ。

「適材適所って云うだろ。こんなところまで連れてきたのは俺だしな。中で使えるものを探しておいてくれるか？」

「――――」

普段の自分がいまの状況を客観的に見たら、そんなことくらいで拗ねるなんてと呆《あき》れているだろうが、恋は人から冷静さを失わせる。

「シャワーは使えるんですよね？　頭冷やしてきます」

「頭？　これ以上冷やしてどうするんだ？」

訝《いぶか》しげな鳴神の問いかけは無視し、佑はバスルームへと向かった。

水しか出ないシャワーで体を清めた佑は、戸棚の中のタオルやバスローブを借りた。旅行鞄《かばん》は漁船に置いたままのため、着替えは一枚も手元にないからだ。

シャワーで余計に体は冷えたけれど、冷静さは幾分取り戻せた気がする。思い描いていた旅先でのシチュエーションは、佑の過度な期待、云ってしまえば妄想でしかない。

（……ちょっと待てよ）

そもそも、鳴神は佑のことを〝恋人〟だと思っているのだろうか。

好きだと云われた翌日には姿を消してしまった。つき合っていると思っていたのは、佑だけだったのでは——。

「——————」

思い至った可能性に愕然《がくぜん》とする。

鳴神の気持ちを疑うわけではない。だが、好きにも色々あるし、好きな相手だとしても交際をして縛られたくないという考えかもしれない。

（期待するから落ち込むんだ）

好きな人に好きだと云ってもらった以上に、何かを望むなんておこがましかったのではないだろうか。

　鳴神は間違いなく佑を大事にしてくれている。一般的な恋人同士のように過ごせないことを不満に思うなんて図々《ずうずう》しかったと反省した。

（今回だって、いつまで日本にいるかわからないし）

　拗ねる時間があるのなら、むしろ話をするべきだ。二人で過ごせるなら、場所なんてどうでもいいではないか。

　雨で濡れた衣類を固く絞って室内のあちこちに吊《つる》していると、交代でシャワーを浴びに行った鳴神がリビングに戻ってきた。

「いいもの見つけたぞ」

「え？」

　振り返ると、同じようにバスローブを身につけた鳴神がボトルとグラスを手に立っていた。どこからか年代もののウイスキーを探し出してきたようだ。

「お前も少しは飲めるようになってるんだろ？」

「飲めなくもないですけど……いいんですか、勝手に」

「緊急事態だ。目を瞑《つぶ》ってくれるはずだ」

　鳴神はソファにかかったカバーを剝《は》がし、そこに腰を下ろすとグラスに液体を注ぐ。

「食えそうなものはなかったから、これで我慢しとけ」

「………」

空《す》きっ腹《ぱら》に飲むほうがよくないのではないだろうか。しかし、いまのこのどんよりした気分を払拭《ふっしょく》するにはいいかもしれない。

佑もソファに腰を下ろし、琥珀《こはく》色の液体が注がれたグラスを受け取った。

「じゃあ、乾杯」

「何にですか」

「何でもいいだろ。無事に今夜が過ごせることでどうだ?」

「鳴神さんが云うと説得力ありますね」

カチンとグラスを合わせてから一息に呷《あお》ると、喉《のど》が強いアルコールに焼かれる。鼻に抜ける香りと胃に広がる熱さは久々だ。秘蔵の品と思しき年代もののそれは、確かに歴史を感じさせる深い味わいだった。

「ずいぶん飲めるようになったんだな。昔は酒なんて不味《まず》くて飲む意味がわからないって云ってたくせに」

「成人したてで酒の味がわかるわけないじゃないですか」

「酒の味がわかるくらい飲んできたってわけか」

「……俺ももう二十七ですからね」

酒が飲めるようになったのは、兄が亡くなってからだ。褒められた行為ではないけれど、眠れぬ日々を紛らわせるため手当たり次第に買い込んできた酒に溺《おぼ》れていた時期があった。

晴哉《はるちか》に叱《しか》られ、病院に連れていかれて入眠剤を処方されてからは、特別な日以外は飲酒をしていない。だけど、今日は特別だ。鳴神と酒を酌み交わせる幸せを嚙《か》み締《し》める。

（ここに兄さんがいたらよかったのにな）

そうしたら、三人でどんな話をしただろう。切なさと恋しさに瞳《ひとみ》の奥が熱くなる。

「おかわり」

佑は涙ぐみそうになった自分をごまかすため、空になったグラスを鳴神に向かって突き出した。

2

何杯目かわからないウイスキーを飲み干したタイミングで、鳴神《なるかみ》が気遣わしげに声をかけてくる。

「おい、大丈夫か？」

ついさっきまで飲め飲めと云っていたくせに、今度は心配になってきたらしい。

酒を飲めるようになったとは云え、強くはない。酔いはあっという間に回っていた。アルコールの力で気が大きくなっていた佑《たすく》は、拗《す》ねた口調で返事をする。

「……らいじょーぶじゃないですよ」

「もうやめとけ。かなり酔いが回ってるだろう。やっぱり空きっ腹にはよくなかったな」

取り上げられたグラスを奪い返し、ウイスキーを注ぐ。

「酔っ払ってなんかいません！　俺だって、もう大人なんですからね！　そうやって俺を子供扱いしないでください」

「いつ俺が子供扱いした？」

「いつもしてるじゃないですか。さっきだって――」

「さっき？」

「大体、鳴神さんは俺のこと何だと思ってるんですか？」

「何って……佑は佑だろう」

「そうじゃなくて！　鳴神さんからしたら、俺なんてどうせ弟みたいなものなんでしょ」

大事にしてくれてはいるが、庇護《ひご》すべき存在だと思われている節《ふし》がある。

「好きって云ってくれましたけど、それってどういう好きなんですか？　俺と同じ好きですか？　ちゃんと教えてくれたら弁《わきま》えますから」

「弁えるって何だ？　俺の気持ちを信じられないってことか？」

「だって、鳴神さんと恋人になれたと思ったら、次の日にはあんなメモ一枚残して姿を消して一ヵ月も音沙汰ないし。普通、連絡の一本くらい寄越すものじゃないですか？　鳴神さんは俺の声が聞きたいなんて思いもしなかったってことですか？」

期待をすべきではないと反省したばかりなのに、酔いに任せて捲《まく》し立《た》てるように胸の内に溜《た》まっていたものを吐き出してしまう。

「……お前、絡《から》み酒だったんだな」

しみじみとした呟《つぶや》きを返され、声を荒らげる。

「真面目《まじめ》に聞いてるんですか!?」

「ちゃんと聞いてる。確かに出逢《であ》った頃は弟みたいに思ってたが、いまは違うってわかってるだろう?」

「わかりません」

首を横に振ると、鳴神は佑の後頭部に手を回してぐいと引き寄せる。そうして、減らず口ばかり叩《たた》いている佑の唇をキスで塞《ふさ》いだ。

柔らかく下唇を食《は》み、薄く開いた隙間《すきま》からひんやりとした舌先を忍び込ませてくる。アルコールで体温の上がった佑と違い、鳴神は平熱のままのようだった。

体温を奪うかのように舌を絡めてくる。久しぶりの濃厚な口づけに、呆気《あっけ》なく頭の中が蕩《とろ》けていく。

アルコールに加え、キスの心地よさに酩酊《めいてい》しそうになったけれど、不意に唇が解かれてしまう。

「弟相手にこんな真似《まね》するわけないだろ。手が後ろに回る」

「じゃあ、どのタイミングで俺を好きだって気づいたんですか?」

「ずいぶんストレートに訊いてくるな」

佑の質問に、鳴神は苦笑する。

「またごまかす気ですか?」

「そうじゃない。自分でもよくわからないだけだ。子供だったお前が顔を合わせるたびに大人になっていくのを見ていて、自然に意識するようになった気がする」

ずっと好きでいてくれたのは嬉《うれ》しい。気持ちが抑えきれなかったことも、正直悪い気はしない。だけど、違う疑問が浮かんでくる。

「――ていうか、そんなに俺のことが好きだったなら、どうして五年も音信不通だったんですか？」

「……お前の傍《そば》に、俺はいないほうがいいと思ったんだよ」

自嘲《じちょう》めいた言葉のあと、鳴神はグラスに残ったウイスキーを飲み干した。

「そんなの勝手に決めないでください！　俺は、俺はずっと謝りたかったのに」

絞り出すように告げたのに、鳴神は目を丸くしている。

「謝るって何をだ？」

「……兄さんの葬式で八つ当たりしたことです」

兄が死んだのはお前のせいだと云って、葬儀場から追い出した。鳴神に責任はないとわかっていたけれど、あのとき感情をぶつけられる相手は彼しかいなかった。

「あれを謝る必要はない。亘《わたる》のことは俺に責任がある」

「悪いのは犯人です」

「先入観で、犯人の一人をただの被害者だと思い込んでた俺の過失だ。あんな油断さえしなければ亘は――謝らなきゃならないのは俺のほうだ」

ロウソクの炎に照らされた苦い表情に、鳴神もずっと苦悩していたことを知る。あの偶然の再会がなければ、お互いの本音を知ることはなかった。

「鳴神さんに再会できて、どれだけ嬉しかったかわかりますか？　どこでどうしてるのか、生死すらわからなくて、もう死んだものと思うようにしてたんですからね」

「俺もそう思ってた。俺には生きている資格なんてないってな」

「だから、傭兵《ようへい》になったんですか？」

「ガキくさい考えだよな。自分を使い捨てるつもりで日本を飛び出したのに、お前に会いたくて堪《たま》らなかった。再会したときは会いたすぎて幻覚でも見てるかと思ったくらいだ」

「俺だって、幽霊かと思いました」

「あのとき、よく一発で俺だとわかったな」

「俺が鳴神さんの声を聞き間違えるわけないじゃないですか」

見た目は様変わりしていたとしても、「佑」と呼ぶその声を聞き間違えることは絶対にあり得ない。

「そういえば、昔から俺の声好きだったたな」

「好きだったのは声だけじゃないです」

佑にしか見せない優しい笑顔にどこまでも真っ直ぐな眼差《まなざ》し、逞しく力強い肉体、全《すべ》てを受け入れてくれる懐の深さ。鳴神は佑にとって憧《あこが》れの存在だった。

（……もしかして、俺もずっと恋してたんだろうか）

まったく自覚していなかったけれど、お互いに自分の半身として惹《ひ》かれ合っていたのかもしれない。

「もうどこにも行かないでください」

「いまこうして、ここにいるだろう？」

ソファの座面についた手に鳴神の手が重ねられる。

「もっとです」

「……！」

鳴神のバスローブの襟《えり》を摑《つか》んで引き寄せ、強引に口づける。

背中に腕を回し、搔《か》き抱《いだ》く。いまはほんの僅《わず》かな隙間すらなくしてしまいたかった。

「ん」

キスをされることにはだいぶ慣れてきたけれど、自分からはまだ緊張する。アルコールの勢いで、佑から鳴神の口腔《こうこう》に舌を捻《ね》じ込んだ。

一瞬、鳴神の戸惑いを感じたけれど、年長者の余裕からか鷹揚《おうよう》に受け入れられた。自分がいつもされているように相手の口腔を探り、舌を絡める。

「んん、ん、ぅんっ」

頭の後ろを押さえられ、口づけを深くされる。佑が主導権を握っていたはずなのに、いつの間にか立場が逆転していた。

甘く痺《しび》れる舌を蹂躙《じゅうりん》され、体に力が入らなくなってくる。唾液《だえき》が飲み下せず、口の端から伝い落ちてしまう。

(悔しい)

流されるがままになるのを必死に堪《こら》え、自分からも仕掛けていく。鳴神の頭をかき抱き、貪《むさぼ》るように口づける。

濃密に舌を絡め合っていると、溶けて混じり合ってしまったかのようにお互いの境目がわからなくなっていく。

「……お前はたまに大胆になるな」

息苦しさが限界になり、名残惜しさを感じ唇を解くと、まだ吐息が触れる距離でそう云って苦笑された。

「鳴神さんが俺を放っておくからいけないんです」

ムッとして詰《なじ》ると、鳴神は小さく笑った。

「お仕置きでもするか?」

「それもいいですね」

体をずらして鳴神の足下に跪《ひざまず》いた佑は、バスローブのベルトを解き、彼の性器に触れた。平常時でも迫力のあるそれに喉が鳴る。

「おい、佑」

「黙っててください」

手にした欲望は少し熱を持ち始めていた。佑のそれはすでに張り詰めているというのに、まだこんなにも余裕があるのかと思うと腹が立った。

緩く手で扱《しご》きながら、裏側を根元から舐《な》め上げる。同性の性器を口にするのは抵抗があるのでは、と頭の隅で危惧《きぐ》していたけれど、意外に平気だった。それどころか、舌の上で反応を感じ取ると興奮する。

「……ん……」

だんだんと張り詰めていく様子が嬉しくて、熱心に舌を這《は》わせる。舌から脈動が伝わってくるのは、不思議な感覚だ。

鳴神が髪を指で梳《す》いてくれる感触も心地いいし、時折切なそうな吐息を零《こぼ》す気配も嬉しかった。

アイスキャンディーのように根元から先端まで舐め上げたあと、先端を口に含む。舌を絡めて吸い上げると、みるみるうちに嵩《かさ》を増した。

これが自分の中に挿入されたときの感覚が蘇《よみがえ》り、ぞわりと下腹部が疼《うず》いた。夢中になってしゃぶっていると、佑の屹立《きつりつ》の先端まで濡れてきてしまう。

「……そんなに俺が欲しかったのか？」

「誰のせいだと思ってるんですか」

顔を上げて反論する。肌を重ねる幸福感と快感を自分に教え込んだのはどこの誰だ。腹立ち紛れに昂《たか》ぶりの根元を手で締めつけてやる。

「……っ」

その状態のまま先のほうを再び呑《の》み込み、窄《すぼ》めた唇の裏で屹立の表面を擦る。頭を上下に動かし、抜き差しの疑似行為を繰り返していると、頭上で小さな呟きが聞こえた。

「くそっ」

鳴神は佑の頭を摑むと、自分の欲望をぐっと佑の喉の奥に押し込んできた。

「んぐっ」

苦しさにえずきそうになるけれど、必死に耐える。その直後、生温かいものが口腔に放たれた。余裕綽々《よゆうしゃくしゃく》といった態度を取っていた鳴神が、堪えきれずに達してしまったようだ。

「んっ……」

苦しさはあったけれど、独特の味のするものをどうにか飲み下す。いつも一方的に翻弄《ほんろう》されるばかりだった佑だが、鳴神を先にイカせることができて嬉しかった。

彼はいまどんな顔をしているだろう。好奇心丸出しで見上げようとしたけれど、表情を確認する暇はなかった。

「──煽《あお》ったのはお前だからな」

「うわっ」

ソファに引き上げられ、俯《うつぶ》せにされる。バスローブの裾《すそ》を捲《めく》られたかと思うと、尻《しり》を力任せに押し開かれた。

「な、何──ひゃっ」

普段は秘められたその奥に、生温かく濡れたものが触れる。擽《くすぐ》るような動きに、何をされているのかわかってしまった。

（舐められ──）

想定外の行為に酔いが覚める。

「や、それやめ、やだ、あ、あ、あ……っ」

「慣らさないとキツいだろ。俺が欲しいんじゃなかったのか？」

「……っ」

鳴神の問いかけに押し黙る。ここには潤滑剤代わりになるようなものはない。お互いのためには、佑が恥ずかしさに耐えるしかないと察し、歯を食い縛った。

鳴神は大人しくなった佑のそこを舐め溶かそうとするかのように丹念に舌を這わせてくる。固く閉ざされていた入り口を指で押し開き、中に熱い舌先を差し込んできた。

「ひぁ……っ」

体の中を舐められ、これまで感じたことのないような淫《みだ》らな疼きが背筋を這い上がってくる。バスローブの袖《そで》を噛み、体内を嬲《なぶ》られる感触に耐え忍ぶ。

「いや、あ、や……んんっ」

「気持ちよくないか？」

問いかけに首を横に振る。気持ちいいから嫌なのだ。そんな場所を舐められて、上擦った嬌声《きょうせい》を上げている自分が居たたまれない。

「もう、いいから、早く……っ」

こんなに恥ずかしいなら、一秒でも早く体を繋《つな》げてしまいたい。そうすれば、理性も羞恥《しゅうち》もどこかに行ってくれるはずだ。

「早くどうして欲しいんだ？」

「……鳴神さんの……入れて……っ」

「まだキツいだろう」

「お願い、早く……！」

「痛くても知らないからな」

鳴神は佑の体を返すと、ソファの背に干していたズボンのポケットから何かを取り出した。ソファに片膝《かたひざ》を立てた状態で反《そ》り返《かえ》った自身に避妊具をつける動作に見入ってしまう。

「そんなに物欲しげに見つめるな」

「……っ」

鳴神の指摘にカッと顔が熱くなる。気恥ずかしさから顔を背《そむ》ける。片方の足を深く折り曲げられ、大きく足を開かされる。

「ひゃっ」

さっきまで舐め解《ほぐ》されていた場所に冷たいものが触れる。鳴神のつけた避妊具はジェルつきのものだったようだ。小さく息を呑んだ瞬間、先端がぐぷりと押し込まれた。

「……っ、あ…あ、あ……っ」

そのままゆっくりと、だが確実に奥へと侵入してくる。ジェルのぬめりで、窮屈な場所に難なく入り込んできた。

薄い皮膜越しの熱さは知っているそれと同じなのに、どこか感触が違うことに戸惑ってしまう。

「やっぱりキツいな。痛くないか？」

「へーき、です」

もっと深く繋がりたい。眼差しで訴えると、鳴神は最奥まで一気に押し込んできた。

「うあ……っ」

その瞬間、自身の先端からとろりとしたものが溢《あふ》れたのがわかった。凶暴に猛《たけ》ったもので無理やり押し開かれる圧迫感。深々と穿《うが》たれ、佑の呼吸は浅くなった。

「あんまり締めつけるな。動いてやれないだろう。力抜けるか？」

「むり、できない」

涙目で首を横に振る。

「なら、こっちに集中しろ」

「やっ」

伸びてきた鳴神の手が佑の胸を撫《な》で回し、やがて乳首を捉えた。乾いた指先が優しくそこを撫でると、むず痒《がゆ》さが込み上げてくる。

「くそ、やりにくいな」

「うあっ」

繋がり合った体を引っ張り起こされ、鳴神の腰に跨《また》がるような体勢にさせられた。自分の重みでさっきよりもさらに深く入り込んでくる。

体の内側で感じる体温と脈動。生々しく伝わってくる彼の欲望に、佑も興奮を煽られる。

「苦しくないか？」

確認に小さく頷《うなず》く。普段、鳴神の顔を見下ろすことなどそうそうない。欲情した眼差しに引き寄せられ、深く口づける。

「ン、んぅ……っ」

誘い出された舌先をキツく吸われながら、再び胸の尖《とが》りを弄《いじ》られる。指先で摘まれ、強弱をつけて捏《こ》ねられると、彼のものを深く咥《くわ》え込んだ場所をぎゅうっと締めつけてしまう。

「痛いほうが好きなのか？」

「わかんな……っあ！」

乳首を痛いくらい強く抓《つね》られ、びくん、と反応してしまった。

鳴神は首筋や鎖骨に口づけたあと、目の前にある佑の乳首に吸いついた。指先で弄《もてあそ》ばれていたそこはすでに硬く尖っている。

「んっ、や、あ……っ」

舌で転がし、歯を立て、吸い上げる。思いつく限りの刺激を加えられるたびに、鳴神の屹立を包み込んだ内壁がひくつく。

刺激が欲しい――そんな欲求を察してか、鳴神は繋がり合った体を揺さぶってきた。

「あ、あ……っ」

隙間なく満ちた欲望から伝わる振動は、快感に変わる。軽く揺さぶられるだけで、嘘《うそ》みたいに気持ちがいい。尾てい骨から伝わってくる甘い痺れに体中を支配される。

「あっ、は、ああ……！」

もっと擦って欲しいのに、ぎちぎちに嚙み合っているせいで動きが鈍い。もどかしさから自分で腰を揺らしてしまう。

「自分で動いてみるか？」

「自分で……？」

「中を擦って欲しいんだろう？」

鳴神の赤裸々な問いかけを恥ずかしく思う余裕などもうなかった。こくこくと頷き、教えを請《こ》う。

「どうしたら……？」

「腰を浮かせてから、落とすんだ」

戸惑いつつも、両手で支える鳴神のリードに従って、腰を持ち上げる。

「こう…ですか……？　んっ、う、く……っ」

佑の中に満ちた屹立を引き抜くのは至難の業だった。それでもどうにか腰を浮かせることができたところで支えを緩められた。

「え？　ぁあぁ……っ」

重力に引き寄せられ、鳴神のものを根元まで一息に呑み込んでしまう。欲しかった刺激を得た佑の体は快感に蕩けてしまいそうになった。

「ほら、もう一回」

「うん……あっ、ん、んー……っ」

促されるままに深い抜き差しを繰り返す。佑のそこが徐々に解れてくるに従って、動きも滑らかになってくる。

「上手だな、佑。やっぱり、お前は覚えがいい」

「ほん、と、に……?」

佑の動きは大きくなっていき、やがてソファのスプリングを使って弾むように上下する。そのたびに奥深いところを突き上げられ、泣きたくなるくらい気持ちいい。

「や、あ、もう、おかしくなる……」

「俺なんてとっくだ」

「だめ、いく、いっちゃう、あっあ、あ――」

「……っ」

律動が一層激しさを増す。佑は鳴神の頭をかき抱きながら、絶頂へと上り詰める。びくびくと体を震わせ、欲望を爆《は》ぜさせた。

佑は荒い呼吸を繰り返しながら、ぐったりと鳴神にもたれかかる。

「佑」

あやすように優しく頭を撫でられ、愛《いと》しさが胸に溢れてくる。

――この人が好きだ。この世の誰よりも愛している。

「愛してる。お前は俺の綺羅星《きらぼし》だよ」

眩《まぶ》しいものを見つめるような眼差しに胸が締めつけられる。

「……不安だったんですからね。遊びだったんじゃないかとか、どこかで野垂れ死んでるんじゃないかとか」

「どうしたら許してくれる？」

「もっといっぱいしてください」

甘くねだると、噛みつくようなキスと共にソファに押し倒された。

「んぅ――」

別荘の外で荒れ狂う嵐よりも激しく口づけられ、頭の中が焼け爛《ただ》れたように熱くなる。

目を開けるとロウソクの明かりに照らされた飢えた獣のような瞳には、熱に浮かされた自分の顔が映っていた。

「今夜は覚悟しとけよ」

鳴神の表情には、もう余裕の欠片《かけら》もなかった。

3

台風の去った雲一つない空は、抜けるように青かった。降り注ぐ紫外線が目に染みるようだ。

「下ろしてください！　一人で歩けます！」

「誰も見てないんだから、気にすることないだろう」

「気にするに決まってるじゃないですか！」

子供ならともかく、いい大人の男が抱き上げられて運ばれているなんて普通じゃない。

（しかもお姫様だっこって……）

「あんな足取りで港まで歩かれたら、船に置いていかれる。いいから大人しくしてろ」

「〜〜〜っ」

何故《なぜ》、佑《たくす》が鳴神《なるかみ》に抱き上げられているかというと、さっき別荘を出たところでふらつき、小さな段差に躓《つまず》いてしまったからだ。

昨日は身も世もなく激しく求め合い、明け方まで繰り返し抱き合った。快感に満たされた体はすっかり疲弊《ひへい》し、足腰に力が入らなくなってしまった。

「無理させたのは俺だしな。このくらいさせてくれ」

「べ、別に鳴神さんだけの責任では……」

最初に襲いかかったのも、もっとと求めたのも佑だ。意識を失うように眠りについたけれど、目が覚めると一晩ぶんの羞恥《しゅうち》が押し寄せてきた。

(昨日の俺はどうかしてたんだ)

色々思い悩んでいたし、久々のアルコールに理性が飛んでしまった。

今朝、ポーカーフェイスを装いながら身支度を調《ととの》えていたけれど、心許《こころもと》ない足取りでふらついてしまった。

佑の体を心配してくれているのもあるようだが、意識しまくっている佑を面白がっている節《ふし》もある。

結局、漁船の停《と》まった桟橋まで抱いて運ばれることになり、船長にみっともない姿を見られてしまった。

「どーした？　怪我《けが》でもしたか？」

「ええ、足をちょっと……」

「嵐《あらし》に怪我なんて災難だったなあ」

「い、いえ……」

船長に同情されるが後ろめたい。

ポーカーフェイスを気取っている鳴神だが、口の端が微《かす》かに引き上がっているのが抱きかかえられた佑の位置からわかる。どうにか取り繕《つくろ》おうとしている佑を面白がっているのだろう。

「何がおかしいんですか？」

「ごめん」

笑いを噛《か》み殺《ころ》しながら謝る鳴神に、また苛立《いらだ》ってくる。

「謝ってすむなら警察はいりません」

漁船に乗るために地面に下ろしてもらいながら、物云いたげな鳴神に棘《とげ》混じりの言葉を投げかける。

「他に何か云いたいことでも？」

「好きだよ」

「……ッ」

不意打ちの言葉に、ぶわっと顔が熱くなる。

色々云いたいこともあったけれど、どんなときも佑の上手《うわて》を行く鳴神に降参するしかなかった。

あとがき

こんにちは、藤崎《ふじさき》都《みやこ》です。

今年は本当に大変な一年になりましたね。気がついたら年末がすぐそこまで来ていて、まだ何もしていないのにと今更ながらに焦燥感に駆られます。

まだまだ油断できない状況ではありますが、寒くなってきましたので皆様どうぞご自愛くださいませ。暖かくしてお過ごしくださいませ。

さて、ホワイトハートさんでは二冊目になる本作をお手に取ってくださいまして、ありがとうございます！

本作の個人的なテーマは〝闇《やみ》オークション〟です！

基本に立ち返り、BLを読み始めた当時にときめいたシチュエーションで、まだ書いたことのないものを書こう！　と思った結果、こうなりました（笑）。

〝お約束〟的なシーンはやっぱり胸躍りますよね。まだ少し照れがあったのか外連味《けれんみ》が足りなかったかな……？　とも思うのですが、夢の場面が書けて感無量です。

お読みくださった皆様にも、楽しんでいただけていたら幸いです。よろしければ感想を聞かせていただけると嬉《うれ》しいです！

繊細な美しいイラストで彩ってくださいました睦月《むつき》ムンク先生、本当にありがとうございました！　どのシーンも素晴らしくて、ファン冥利《みょうり》に尽きます。

お世話になりました皆様にも感謝しきりです。ご迷惑もおかけしましたが、今後ともどうぞよろしくお願いします！

ではでは。またいつか、どこかでお会いできますように！

二〇二〇年十二月　　藤崎　都

『霹靂《へきれき》と綺羅星《きらぼし》　新人弁護士は二度乱される』、いかがでしたか？
藤崎都《ふじさきみやこ》先生、イラストの睦月《むつき》ムンク先生への、みなさまのお便りをお待ちしております。

藤崎都先生のファンレターのあて先
〒112-8001　東京都文京区音羽2-12-21　講談社　文芸第三出版部「藤崎都先生」係

睦月ムンク先生のファンレターのあて先
〒112-8001　東京都文京区音羽2-12-21　講談社　文芸第三出版部「睦月ムンク先生」係

N.D.C.913　252p　15cm

藤崎 都（ふじさき・みやこ）
3月20日生まれ、魚座、O型。
Twitter：@mykfjsk
趣味は映画・海外ドラマ鑑賞。
最近はホラーばっかり見ています。

講談社X文庫

white heart

霹靂《へきれき》と綺羅星《きらぼし》　新人弁護士《しんじんべんごし》は二度乱《にどみだ》される

藤崎《ふじさき》 都《みやこ》

●
2021年2月3日　第1刷発行

定価はカバーに表示してあります。

発行者——渡瀬昌彦
発行所——株式会社 講談社
東京都文京区音羽2-12-21 〒112-8001
電話 編集 03-5395-3507
販売 03-5395-5817
業務 03-5395-3615
本文印刷—豊国印刷株式会社
製本———株式会社国宝社
カバー印刷—半七写真印刷工業株式会社
本文データ制作—講談社デジタル製作
デザイン—山口　馨

ISBN978-4-06-522065-8